且讀

⋯⋯

34

散文精读

林海音

林海音 著

浙江人民出版社

林海音

1   3
2   4
      5

❶❷ 林海音伉俪
❸❹❺ 林海音手稿

1400

①

北平冬天的駱駝隊　林海音

駱駝隊來了，停在我家的門前。

它們排列成一長串，沈默地站著，等候人們的安排。天氣又幹又冷，拉駱駝的摘下了他的氈帽，頭上冒著熱氣，是一股白色的煙，融入乾冷的空氣中。

爸爸在和他講價錢。雙峰的駱駝，在趕集的時候，它們排列成一長串，沈默地站著，等候人們的安排。

我站在駱駝的面前，看它們吃草料咀嚼的樣子：那樣醜的臉，那樣長的牙，那樣安靜的態度。它們咀嚼的時候，上牙和下牙交錯地磨來磨去，大鼻孔裡冒著熱氣，白沫子沾在鬍鬚上。我看得呆了，自己的牙齒也動起來。

②

總會走到的，總會吃飽的，也許它天生是該慢慢的，偶爾躲避車子跑兩步，姿勢很難看。

老師教給我，要學駱駝，沈得住氣的動物。看它從不著急，慢慢地走，慢慢地嚼；

駱駝，你為什麼要一個鈴鐺？好奇的事，就要問一問。

爸爸告訴我，駱駝很怕狼，因為狼會咬它們，所以人類給它戴上了鈴鐺，狼聽見鈴鐺的聲音，知道那是有人類在保護著，就不敢侵犯了。

我的幼稚心靈中卻充滿了和大人不同的想法，我對爸爸說：

"不是的，爸！駱駝戴鈴鐺，走在軟軟

③

的沙漠上，沒有一點點聲音，爸，您不是說它們走上三天三夜都不喝一口水，只是不聲不響地咀嚼著從胃裡倒出來的食物嗎？一定是拉駱駝的人類，他們耐不住那長途寂寞的旅程，所以才給駱駝戴上了鈴鐺，增加一些行路的情趣。"

爸爸想了想，笑了，說："也許，你的想法更美些。"

冬天快過完了，春天就要來，太陽特別暖和，人也懶洋洋的。駱駝也脫掉它的舊駝絨袍子啦，垂在肚皮底下，一大塊一大塊，隨著步伐，一顛一顛地往下掉。我真想拿把剪刀替它們剪一剪，因為太不整齊了。拉駱駝的人也一樣，他們身上那件反穿的老羊皮，也都脫下來了，搭在駱駝背的峰上。麻袋空了，鹽和煤都賣完了，駱駝隊又一步一步地往回走，空出來的麻袋，夾在兩峰中間。

林海音

目录

抒情

散文精读·林海音
∨∨

感悟

散文精读·林海音

童年

我的家啊

方桌底下有一个我的家，四面都用床单和桌巾围起来了。我们虽然只有七岁、六岁、五岁，个子也不高，可是掀开床单——不对，应当说打开门，也还得略略地弯下腰才能出入。我最高，腰弯得厉害些，所以我是祖母。祖母要挂根拐杖，说话时嘴要瘪瘪的，每一个字发出来，都要有"m"的音才对，所以我把嘴唇向里抿起来，说话就会像对门张家没有牙的奶奶了。

我的好朋友朱珊珊，是个六岁的小胖子，她是妈妈；我的妹妹小秀，虽然只有五岁，可是她很聪明，又厉害，个子也比珊珊高，所以她反而是爸爸。

家在东厢房的一间屋子里，平常没有人去，堆的都是不用的桌椅。我们的家很安静，没有大人来捣乱、吵闹。

我们用一个方凳子当桌子，两个小矮凳是椅子。桌子上有小碗、小碟、小锅、小炉子，都是过年的时候逛厂甸买的。这些做饭和吃饭用的东西，都是用土铁片做的，白白亮亮，多么漂亮，比张妈洗的还干净呢！

我上小学一年级时，学会了折纸。我会折衣服，折船，折小方盒子。小方盒子真有用啊！我们用它盛糖，盛花生，还盛菜呢！

吃午饭的时候，我慢慢地吃——我的门牙掉了两颗，吃东西当然慢喽！好了，爸爸已经吃好了，他离开了饭桌，我就把准备好的几个方盒子拿到桌上来，每一样菜夹一点儿到方盒子里。

妈妈很不高兴，她瞪着我，我也装没看见。因为我家今天请客，有很多人要来吃饭呢！

方盒子要小心地拿到东厢房去，因为纸太薄了，每一样菜又有很多汤汤水水。还要拿几根牙签当筷子用。饭桌下的家，门关好了，饭菜预备好了，就等着客人来。

今天是礼拜六，下午不用上学，客人就特别多啦，那么屋子里不够坐，怎么办呢？我们又预备了两间"屋子"——拿四把藤椅倒扣过来，两两相对，就是一间了。藤椅做的屋子很好，用不着窗帘布。

我们——我带着朱珊珊和小秀，一切都准备好了。我们心焦地等着客人，我是多么喜欢客人来我的家啊！我抿着嘴对朱珊珊说："我的儿媳妇啊！可别忘了方老先生是抽烟的呀。还有，方老太太牙不好，菜要煮烂一点儿啊！"

朱珊珊很孝顺地在一旁站着说："是的，婆婆，我都知道了。"

我又说:"我的小孙子呢?我来抱着,你去开门,有人叫门啦!"

小秀连忙过去,从朱珊珊的手里接过了那个枕头包——我的孙子,说:"妈妈,我抱着就可以了,您还是坐下来跟客人说话吧!"

果然是方老先生和方老太太先来了,然后,孙家的太太也带着女儿来了,刘家的两个兄弟也来了。其实他们都是我的邻居小朋友和同学。

我们谈得非常快乐。然后,朱珊珊一碟一碗地把菜都端上来了。我们用牙签去戳豆芽菜、芹菜、豆腐干、肉丝吃,香极了,比在有大人的饭桌上吃要香得多!吃完了,我们就卧倒在三间屋子里睡觉,谁也睡不着,都在说话哪!

客人到很晚很晚才离开我的家回去。我们回味着一下午的快乐时光,真是高兴。

下雨的日子,也有人到我的家来,因为大家太寂寞了,需要朋友谈谈心。我们也谈到房子漏了,没有钱修房子啦,工人不好好做啦,打算将来的日子怎么过呀。朱珊珊最爱打枕头,因为她的小孩子不听话,老是哭,又常常尿床。

我就教训她说:"孩子那么小,不懂事,怎么能够打呢?去,给冲点牛奶吃吧,是饿了。"

我的妈妈生了第五个小孩,她的床头小桌上有现成的奶粉，我就跑过去要了一杯来喂我的小孙子。小枕头怎么会喝奶呢？完全是珊珊跟我喝啦！

我的家的日子过得真是又热闹又快乐，也有的时候我懒得做祖母——总弯着腰走，总抿着嘴说话，多么累呀！

那我就提议开祖母生日同乐会，我又分身做我自己高兴地唱着、跳着《麻雀与小孩》给老寿星看。

这样快乐的日子，过了整整一个暑假。我们一点儿也不觉得日子过得快，我们实在是希望自己快快长大，快快有一个真正的自己理想的样子的家，随我们自己摆布。可是，有一天，有一个很让人难过的消息，我家要搬家了。

当然，妈妈爸爸的大的家要搬了，东厢房里我的家也要搬啦！

朱珊珊最难过。那天她来收拾她带来的东西，包枕头的花布哇，几个小碗啊，一瓶花儿啊，全都放在一个鞋盒子里拿回家去了。

我们搬到新的家的时候，那个东厢房里的方桌，可就不能做我的家了。新的家里没有我的家了，我只能在桌子上面吃饭、做功课，再也不许到桌子下面去了。

我的家呀！我的家呀！

今天我真正做了祖母，可是我一想起七岁的时候那个我的家，就觉得它比任何时候的家都让我快乐。

我的"小脚儿娘"

老九霞的鞋盒里，住着我心爱的"小脚儿娘"，正在静静地等着她的游伴——李莲芳的"小脚儿娘"。

夏日午后，院子里的榆树上，唧鸟儿（蝉）拉长了一声声"唧——唧——"的长鸣。虽然声音很响亮，但是因为单调，并不吵人，妈妈带着小弟弟、小妹妹在这有韵律的声音中，安然地睡着午觉。只有我一个人，在兴奋地等着李莲芳的到来——我们要玩"小脚儿娘"。

一放暑假，我就又做了几个新的"小脚儿娘"。一根洋火棍、几块小小的碎花布做成的"小脚儿娘"，不知道为什么给我那么大的快乐。

老九霞的鞋盒，是"小脚儿娘"的家；鞋盒里的隔间、家具，也都是我用丹凤牌的洋火盒堆隔成的。如果是床，上面就有我自己做的枕和被；如果是桌子，上面也有我剪的一块白布钩了花边的桌巾。总之，这个"小脚儿娘"的家，一切都是照我的理想和兴趣，最要紧的，这是以我艺术的眼光做成的。

　　最让人兴奋的是，中午吃饭的时候，我准备了一个用厚纸折成的菜盒，放在坐凳上我屁股旁边。等爸爸一吃完饭放下筷子离开饭桌时，我的菜盒就上了桌。我搛了炒豆芽儿、肉丝炒榨菜、白切肉，等等，装满一盒子。当然，宋妈会在旁边瞪着我。不管那些了，牙签也带上几根，好当筷子用。

　　李莲芳抱着她的鞋盒来了。我们在阴凉的北屋套间里，展开了我们两家的来往。掀开了两个鞋盒，各拿出自己的"小脚儿娘"来。我用手捏着只有一条裤管脚和露出鞋尖的"小脚儿娘"，"哆哆哆"地走向李莲芳的鞋盒去，然后就是开门、让座、喝茶、吃东西、聊闲天儿。事实上，这一切都是我俩在说话、在喝茶、在吃中午留下来的菜。说的都是大人说的话，趣味无穷。因为在这一时刻，我们变成了家庭主妇，一个家的主妇，可以主动、可以发挥，最重要的是不受制于大人。

从六岁到六十岁

旧时女孩的自制玩具和游戏项目，几乎都是和她们学习女红、练习家事有关联的。所谓寓教育于游戏，正可以这么说。但这不是学校的教育课程，而是在旧时家庭中自然形成的。

我五岁自台湾随父母去北平，童年是在大陆北方成长的，已经是十足北方女孩子气了。我愿意从记忆中找出我童年的游乐，我的玩具和一去不回的生活。

昨天，为了给《汉声》写这篇东西和做些实际的玩具，我跑到沅陵街去买丝线和小珠子，就像童年到北平绒线胡同的瑞玉兴去挑买丝线一样。但是想要在台北买到缠粽子用的丝绒线是不可能的了。我只好买些粗的丝线，和穿孔较大的小珠子，因为当年六岁的我，和现在六十岁的我，眼力的使用是不一样的啊！

用丝线缠粽子，是旧时北方小姑娘用女红材料做的有季节性的玩具。先用硬纸做一个粽子形，然后用各色丝绒线缠绕下去。配色最使我快乐，我随心所欲地配各种颜色。粽子缠好后，下面做上穗子，也许穿上几颗珠子，全凭自己的安排。缠粽子是在端午节前很多天就开始了，到了端午节早已做好，有的送人，有的自己留着挂吊起来。同时做的还有香包，用小块红布剪成葫芦形、菱形、方形，缝成小包，里面装些香料。串起来加一个小小的粽子，挂在右襟纽襻上，走来走去，美不唧唧的。除了缠粽子以外，也还把丝绒线缠在卫生球（樟脑丸）上。总之，都成了艺术品了。

珠子，也是女孩子喜欢玩的自制玩物，兼有女性学习用它做装饰品。我用记忆中的穿珠法，穿了一副指环、耳环、手环，就算是我六岁的作品吧！

抓子儿

北方的天气，四季分明。孩子们的游戏，也略有季节的和室内外的分别。当然大部分动态的在室外，静态的在室内。女孩子以女红兼游戏，是在室内多，但也有动作的游戏是在室内举行的，那就是"抓子儿"。

抓子儿的用具有多种，白果、桃核、布袋、玻璃球，都可以。但玩起来，它们的感觉不一样。白果和桃核，其硬度、弹性差不多。布袋里装的是绿豆，不是圆形固体，不能滚动，所以玩法也略有不同。玻璃球又硬又滑，还可以跳起来，所以可以多一种玩法。

单数（五或七粒）的子儿，一把撒在桌上，桌上铺了一层织得平整的宽围巾，柔软适度。然后拿出一粒，扔上空，手随着就赶快捡上一颗，再扔一次，再捡一颗，把七颗都捡完，再撒一次，这次是同时捡两颗，再捡三颗的，最后捡全部的。这个全套做完是一个单元，做不完就输了。

女性的手比较巧于运用，当然是和幼年的游戏动作很有关系。记得看到外国杂志说，有的外科医生学女人用两根针织毛线，就是为了练习手指运用的灵巧。

抓子儿，冬日玩得多，因为是在室内桌上。记得在小学读书时，冬日里到了下课十分钟，男生抢着跑出教室到外面野，女生赶快拿出毛线围巾铺在课桌上，抓起子儿来。

为了收集这些玩具给《汉声》，我买来一些白果，试着玩玩。结果是扔上一颗白果，老花眼和略有颤抖的手，不能很准确地同时去捡桌上的和接住空中落下来的了。很悲哀呢！

除了抓子儿，在桌上玩的，还有"弹铁蚕豆儿"。顾名思义，蚕豆名铁，是极干极硬的一种。没吃以前，先用它玩一阵吧，一把撒在桌上，在两粒之中用小指立着划过去，然后捏住大拇指和食指，大拇指放出，以其中的一粒弹另外一粒，不许碰到别的。弹好，就可以捡起一粒算胜的，再接着做下去，看看能不能把所有的都弹光，那就算赢了。

活玩意儿

小姑娘和年幼的男孩，到了春天养蚕，也可以算"玩"的一种吧！到了春天，孩子们来索求去年甩在纸上的蚕卵，眼看着它出了黑点，并且动着，渐渐变白，变大。于是开始找桑叶，洗桑叶，擦干，撕成小块喂蚕吃。要吐丝了，用墨盒盖，包上纸，把几条蚕放上去，让它吐丝，仔细铲除蚕屎。吐够了做成墨盒里泡墨汁用的芯子，用它写毛笔字时，心中也很亲切，因为整个的过程，都是自己做的。

最意想不到的，北平住家的孩子，还有玩"吊死鬼儿"的。吊死鬼儿，是槐树虫的别名，到了夏季，大槐树上的虫子像蚕一样，一根丝，从树上吊下来，一条条的，浅绿色。我们有时拿一个空瓶，一双筷子，就到树下去一条条地夹下来放进瓶里，待夹了满满一瓶，看它们在瓶里蠕动，是很肉麻的，但不知为什么，不怕。玩够了后怎么处理，现在已经忘了。

雨后院子白墙上，爬着一个浅灰色的小蜗牛，它爬过的地方，因为黏液的经过，而变成一条银亮的白线路了。你要拿下来，谁知轻轻一碰，蜗牛敏感的触角就会缩回到壳里，掉落到地上，不出来了。这时，我们就会拉出了声音唱念着：

"水牛儿——水牛儿，先出犄角后出头。你妈——你爹，给你买烧饼羊肉吃呀！……"

又在春天的市声中，有卖金鱼和蝌蚪的，蝌蚪北平人俗叫"蛤蟆骨朵儿"。花含苞未开时叫"骨朵儿"，此言青蛙尚未长成之意。北平人活吞蝌蚪，认为清火。小孩子也常在卖金鱼挑子上买些蝌蚪来养，以为可以变成青蛙，其实玻璃瓶中养蝌蚪，是从来没有变成过青蛙的，但是玩活东西，总是很有意思的。

家住书坊边

——琉璃厂、厂甸、海王村公园

每看到有人写北平的琉璃厂、厂甸、海王村公园时，别提多亲切，脑中就会浮起那地方的情景，暖流透过全身，那一带的街道立刻涌向眼前。我住在这附近多年，从孩提时代到成年。不管在阳光下，在寒风中，也无论到什么地方——出门或回家，几乎都要先经过这条自清一代到民国续延二百年而至今不衰的北平文化名街——琉璃厂。我家曾有三次住在琉璃厂这一带：椿树上二条、南柳巷和永光寺街。还有曾住过的虎坊桥和梁家园，也属大琉璃厂的范围内。

琉璃厂西头俗称厂西门，名称的由来是有一座铁制的牌楼，上面镶着"琉璃厂西门"几个大字，就设立在琉璃厂西头上。在铁牌楼下路北，有一家羊肉床子和一家制造毛笔的作坊，我对它们的印象特深，因为我每天早上路过羊肉床子到师大附小上学去时，门口正在大宰活羊，血淋淋的一头羊，白羊毛上染满了红血，已经断了气躺在街面的土地上，走过时不免心惊绕道而行；但下午放学回来时，却是香喷喷的烧羊肉已经煮好了。我喜欢在下午吃一套芝麻酱烧饼夹烧羊肉，再就着喝一瓶玉泉山的汽水，清晨那头被宰割的羔羊，早就忘在一边儿了。至于毛笔作坊，是在一间大门进去右手边的屋子里。以为我是去买毛笔吗？才不是，我是去买被截下来寸长的废笔管，很便宜，都是做小女生的买卖。手抱着一大包笔管，回家来一节节穿进一长条结实的线绳上，便成了一条竹跳绳。竹跳绳打在地上发出清脆的声音，增加跳绳的情趣。不过竹管被用力地甩在地上，日久会裂断，就得再补些穿上去。

放学回家，过了厂西门再向前走一小段，就到了雷万春堂阿胶鹿茸店所在的鹿犄角胡同了。迎面的玻璃橱窗里，摆着一对极大的鹿犄角，是这家卖鹿茸阿胶店的标本展示。店里常年坐着一两位穿长袍的老者，我看着这对鹿犄角和老者有二十多年了。看见鹿犄角向左转（北平话应当说"往南拐"），先看见井窝子（拙著《城南旧事》写我童年故事的主要背景），就到了我最早在北京的住家椿树上二条了。

文人爱提琉璃厂，因为它是文化之街，自明清以来，不知有多少文人的笔下都写到琉璃厂；小孩子或妇女爱提厂甸，因为"逛厂甸儿"是北平过年时类似庙会的活动。厂甸是在东西琉璃厂交界叫作"海王村公园"的那块地方。说公园，其实是一处周围有一圈房子的院落而已。院子中有荷花池、假山石，但是平日并没有人来逛。公园有一面临南新华街，这倒是一条学校街，师范大学（早年的京师学堂，后来成为全国第一座国立的师范大学）和师大附小面对面地把着马路两边，师大附中则在厂甸后面。这条包含了新旧书籍、笔墨纸砚、碑帖字画、金石雕刻、文玩古董的文化街，再加上大、中、小学校，更增加古城的文化气息。我有幸在北平成长的二十五年间，倒有将近二十年是住在这条全国闻名的文化街附近，我对这条街虽然非常非常地熟识，可惜不学如我，连一点古文化气息都没熏陶出来！

我的公公夏仁虎（号枝巢）先生在他的《旧京琐记》一书中开头就说"余以戊戌通籍京朝"，我也可以说我是"五岁进京"吧！先母告诉我，进京经过是这样的：

1922年3月初，我随父母自台湾老家搭乘日本轮船"大洋丸"去上海。在"大洋丸"上遇见了连雅堂夫妇，母亲说他们可能是到日本去看博览会。当时的情形是这样，母亲晕船，整天躺在房舱里，我则常到甲板上跑来跑去，连雅堂先生看见我这个同乡小孩，便跟我说话，因而认识了我的父母。他知道我们要到北京去，还建议说，到北京该去琉璃厂刻个图章，那是最好的地方。这样说来，我们在"大洋丸"上就先知道北京有个琉璃厂了。怪有趣，也有缘。

刚到北京，临时住在珠市口一家叫"谦安栈"的客栈，旁边是有名的第一舞台（第一次看京戏就在第一舞台，那是一场义务戏，包罗全北京的名伶，李万春那时是有名的童伶）。不久我们就搬到椿树上二条，我开始在北京接受全盘中国教育。

一个大雨天，叔叔带我去考师大附小。我无论怎么淘气，还是一个很怕考试的小女孩。就从一排教室楼的楼下考到楼上，一间一间教室走进去、走出来，到每一个讲桌前停下来，等待老师问你什么（例如认颜色），要你做什么（例如把不同形状的木制模型嵌进同形的凹洞里）。为了试耳音，老师紧握双手，伸到距离两耳各一尺的地方，要考生指出哪一边有手表秒针走的声音。我一一通过，当然考取了，就在这北京城有名的"厂甸附小"读了六年，打下我受教育的好基础。

每天早上吃一套烧饼油条，背了书包走出椿树上二条的家门，出了胡同口，看见井窝子，看见鹿犄角，看见大宰活羊，再走过一整条的西琉璃厂，看见街两边的老书铺、新书店、南纸店、裱画铺、古玩店、笔墨店、墨盒店、刻字铺，等等。我是一个接受新式小学完全教育的小孩，在这条古文化街过来过去二十多年，文人学者所写旧书铺的那种情调气氛及认识，我几乎一点儿也没有沾过。

附小的大门进来，操场左边是一、二年级教室，然后一年年教室向里伸进去。学校以大礼堂隔开前后操场和年级进度。穿过礼堂豁然开朗的是大操场，全校如有朝会、运动会都是在这大操场上举行。大操场右面大楼就是我入学考试的大楼了，它也是四年级以上的教室楼。操场顶头有一排平房，是图书室和缝纫教室。到了三年级女生就要学缝纫，男生则是在前院的工作室学锯木板、钉钉子什么的。

胖胖的郑老师教我们缝纫。一开始学直针缝、倒针缝，然后是学做手绢，锁狗牙边儿，再下去是学做蒲包鞋、钉亮片、绣十字线……成绩好的作品还锁在玻璃柜里展览呢！但是我最爱的却是这间兼图书室的教室架上所陈列的书本。这些课外读物给我印象深刻的是商务印书馆所出版的林琴南翻译的世界名著。我们今天仍沿用的西洋名著的书名，大都还用林译书名，尤其是一些名著改编成电影在中国上演，皆采用林译书名为电影名，如《茶花女》《黑奴吁天录》《块肉余生记》《劫后英雄传》《双城记》《基度山恩仇记》《侠隐记》，等等，皆非原著之名，而是林琴南给起的。大家都知道林氏并不谙英文，有笑话说，他在英文"beautiful"一词旁，注谐音为"冰糖葫芦"。他也不逐字逐句译书，他依据口述者口述，再自己编写成浅显文言，所以每书皆不厚。我读小学三四年级时，林译小说还在盛行，我们那小图书室就可借阅。我囫囵吞枣，竟也似懂非懂地读了不少林译。没想到我这个尚未接触中国新文艺的小学生，竟先读了西洋小说，这也真是怪事了。

公公所著《旧京琐记》，有数处地方写到琉璃厂，他曾写道：

　　……琉璃厂是书画、古玩商铺萃集之所。其掌各铺者，目录之学与鉴别之精，往往有过于士夫。余卜居其

间，恒谓此中市佣亦带数分书卷气。盖皆能识字，亦彬彬
有礼……

　　先翁所说"余卜居其间"，是因夫婿夏家数十年居于城
南，两屋皆在琉璃厂一带。早年是住在南新华街师大旁边一胡
同叫"安平里"的，听外子说，后墙外就是师大的后操场，他
的四哥亦师大学生，常常走捷径翻过矮墙到师大去上课，就不
走师大正门了。后迁厂西门下去一些的永光寺街，老太爷出出
入入当然也是经过琉璃厂这条街了。
　　又曾读过近人所写一文，也是谈到琉璃厂旧书店的情调：

　　……当你踱进一家湫暗低陋的书肆门限时，穿着土布
制成的长袍宽袖旧式服装，手里拿着白铜的水烟袋的老主
人赔着笑容，打着呵欠迎你出来。在那种静穆的空气笼罩
下，四围尽是些"满目琳琅"的画册，伸手从架上抽出一
部经书翻翻，放下再找一套说部读读，看完篇论文，又寻
段话诗的。真是但觉宇宙之大，也不过包综于这几万卷线
装书里面而已，便不由得使你忘了一切身边的琐事，而感
到一种莫可言传的趣味，这里竟想不出一个适当的名词来
说明这种趣味，姑且叫它作"诗意"吧……

　　逛逛湫暗的旧书铺，竟有诗意之感，我是没有体验过，印

象中只觉得长年里这种旧书铺或古玩铺，静悄悄的，极少有顾客盈门的情形。北平对古玩店有句俗语："三年不开张，开张吃三年"，就是这种情形吧！在这条街上，胡开文、贺连青、李玉田的湖笔徽墨，荣宝斋、清秘阁的字画纸张，倒是有去购买的经验。小学时候，二年级就习写毛笔字，去琉璃厂买一个小小的白铜墨盒，上面刻着山水画，买来后，请母亲用毛线钩一个墨盒套。有习字的日子，就提着小墨盒上学去。在九宫格的毛边纸习字簿上，照柳公权的字帖春蚓秋蛇地涂写一番。柳字细巧，本是适合女孩子练字的，叔叔给我买的这本柳公权《玄秘塔》字帖，我可也习写了好多年呢！夏秋之季每天守着春蚕吐丝，就是为了用丝绵做墨盒芯子。把一块"天然如意"的墨条用绵纸包裹上，再熔蜡油滴满包纸上，是为了巩固墨条不致断裂。耐心而有趣地磨了浓浓的墨汁，注入墨盒里。我爱用七紫三羊毫毛笔，蘸着完全自己调制的墨汁，写出来的字虽不怎么样，兴趣却浓。这些都是求之于琉璃厂的。

磨墨一事是中国人读书生活中不可缺少的，我婚后常常看见公公在书房里，他的爱妾曼姬正据桌安坐，弯着胳臂一圈一圈有规律地运作着，给老太爷磨墨呢！唯有这时他们是和谐的，安详的，他们一定有宇宙虽大，却只有他俩的感觉吧。记得某年过年，老太爷不怕忌讳，竟用一幅故宫流落出来的灰色宣纸写下——

老思无病福
饥吃卖文钱

这样的对子作为开春执笔。这副对联裱好后，挂在他们的书房里。它一直是我喜爱的，曾想问老人家可否送给我这第六房儿媳妇留以为纪念，一直未出口，如今只留下记忆了。我又记得我返台见到先父的启蒙学生吴浊流先生，他屡次对我说，他八岁受教于先父，常在放学后到老师的单人宿舍里，为老师研墨、拉纸，看老师写字。他曾把这深刻的、亲切的印象，写在他的禁书《无花果》里。

说到纸，也是琉璃厂的产物，前面所说我初习字用毛边纸的习字簿，当然用不着到荣宝斋、清秘阁这类讲究大店去买，但长大后却喜爱到荣宝斋去选购一些彩色木版水印笺纸，我买来并非用它来写信，我哪里舍得，也没那么风雅，只是喜爱它，当作艺术品那样地欣赏保留。记得有一套是齐白石的写意小品，鱼、虾、螃蟹等，印在笺纸的左下角上，别提多雅致了。印制木版水印笺纸，是荣宝斋的一项专门技术，听说他们近年来更发展成把古今名画亦以木版套色水印方式复制了。去年在香港，金东方妹送了我一锦盒装的《萝轩变古笺谱》，是上海博物馆出品，仿古宣纸笺是那样的古朴可爱。萝轩笺谱原有近二百幅，是明代天启年间吴发祥制作，这套只选了八面，印制在信笺的中央，其雕镂极细巧，在简练的运笔下，刻出花篮、竹石、孤雁、花卉、书架、花鹿等，以两色设色，简单中的古朴精雅。我抚摸把玩，不由得想起年轻时到琉璃厂买这类文物的"附庸风雅"的心情了！

在琉璃厂过来过去的二十多年中，还能记忆的是路南的有正书局，每年阴历大年初一，店面玻璃窗中贴满了中国古典小说如《三国演义》等的绣像全图，好像看连环图画，也是小孩子所喜欢的。琉璃厂古文物商店的匾额也颇有其特点，题额者多为书法家，在我印象中有姚华（茫父）、张伯英、陆润庠、翁同龢、张海若、祝椿年等，其他记不起来了，但是他们各为谁家题的匾额，已不复记忆。

书店（不是旧书铺）给我更多快乐的还是琉璃厂那几家新式书店——商务印书馆、中华书局、北新书局、现代书局。在小学时，每学期开学，拿着书单到"商务"和"中华"去买教科书，是我最快乐的事。"商务"很大，台阶上去，有左右两个大门，进去后，是一条宽敞走廊，第二道门是转门，起码在六十年前他们就有了转门，可见其洋了。再进去左右是高高的柜台，我形容其高，是因为我是个小女生，柜台要仰望之，我伸长手臂把书单递上去，店员配了书，算了账，跟我要了书款，然后就有一个空中缆绳系着一个盒子，把书单和书款放入盒内弹到账台那边，等一下再弹回来。这样店员就不必一趟趟往账台跑。小小心里觉得这书店好神气，在这样的书店买了书真高兴。有时放学回家路过"商务"的时候，也会跑上台阶，从这门进去，穿过走廊，再从那门出来，小小的我就这样走走，也满心高兴。中华书局则在"商务"斜对面，只是一栋平房，气派小多了。除了教科书以外，在小学生时期，曾有多年订阅"中华"的《小朋友》半月刊和"商务"的《儿童世界》杂志，那是我课外的精神食粮。记得《小朋友》上曾连载王人路翻译的《鳄鱼家庭》，是我爱读的小说，王人路是电影明星王人美的哥哥，当年写译过许多给小朋友阅读的作品。

北新书局（路北）和现代书局（路南），则是我上了中学以后在琉璃厂吸收新文艺读物的地方。我小学毕业后父亲过世，母亲是旧式妇女，识字不多，上无兄姊，我是老大，读什么书考什么学校都要我自己做主。培养我读书（不是教科书）的兴趣，可以说"家住书坊边"——琉璃厂给我的影响不小。现代书局是施蛰存等一些人办的，以"现代"面貌出现，我订了一份《现代》杂志，去看书买书的时候，还跟书局里的店员谈小说、新诗什么的，觉得自己很有文艺气息了！

如果厂甸用"逛"的，那就不是专属于文人雅士了。逛厂甸儿一年只有两次，就是新历过年和旧历过年的时候。厂甸的范围原属海王村公园一带，但北伐以前的北洋时代，其热闹繁盛要延长东西南北数方里；一整条新华街，北起和平门脸儿，南达虎坊桥大街，还有整条东西琉璃厂，刚好形成"十"字形。海王村公园里面，摆了几百个摊子，玩具、饮食、玉器等各有其集中点。这是给儿童及一般家庭妇女逛的。据齐如山先生说，典型的中国制玩具有几百种，过年时候就会全部在厂甸出现了。记得早上起来，在家里就可以听到胡同里赶早班逛厂甸的儿童买的风车、噗噗登玩具，一路风吹、人吹，呱呱山响。饮食摊位则在海王村门口两旁及后面，而海王村里面中央在"北京"时代则搭起一高台子，设许多茶座，是为了让逛厂甸的文人雅士携眷或携妓来居高临下风光一番的。这到北伐以后就没有了。先翁曾作《厂甸新春竹枝词》，就是描写当年这种"逛"厂甸的情形。

至于厂甸新春的旧书摊及画棚子，是设在贯通南、北新华街整条大马路上，大画棚子多在师大门口一排，对面附小门前则是旧书摊，都各延伸数里长。文人学者们逛旧书摊，费一上午或一下午是不够的，总要天天来、上下午都来。琉璃厂的旧书铺也在此设临时书摊，但是贵重的绝版古书，当然还得请你到铺里去看了。画棚里的字画，我始终不懂，只是看热闹罢了。但记得那里有很多董其昌、郑板桥的字，八大山人的画，后来才知道，假的多。

在北平居住的二十五年间，不管是否住在琉璃厂附近，都一样几乎每天到琉璃厂这一带来。读附小二年级时，我家搬到和平门里的新帘子胡同，每天得坐车绕顺治门走顺城街到附小上学，但不久开辟一座和平门，打通南北新华街。记得正在动工的时候，也可以从一垛垛的土堆上走过去，觉得非常新奇有趣。从新帘子胡同又搬到虎坊桥大街，这次到南新华街南头儿了，上下学也是得走新华街、厂甸到附小。后来又搬到西交民巷，虽非琉璃厂区，但小学还没毕业，还是得每天到厂甸上学。父亲病重时，我家住在梁家园，父亲去世后，就搬到南柳巷，婚后夫家在永光寺街，全属琉璃厂区。最后几年住在中山公园旁的南长街时，我在师大图书馆工作，仍是每天到厂甸来上班，还是没离开琉璃厂。

　　琉璃厂、厂甸、海王村公园，对于自幼年成长到成年的我，是很重要的地方。长于斯，学于斯，却是个"家住书坊边，不知书坊事"的人，很惭愧。没有学出什么，只怪自己的兴趣太广，只好从虚荣心上讲，有些得意罢了！

跳绳和踢毽子

这两项游戏虽是至今存在，不分地方和季节的，但是玩具就有不同。跳绳，当然基本是麻绳，后来有童子军绳和台湾的橡皮筋。我最喜欢的，却是小时候用竹笔管穿的跳绳。放了学到琉璃厂西门一家制笔作坊，去买做笔切下约寸长的剩余竹管，其粗细相当我们用来写中楷字的笔。很便宜的买一大包回来，用白线绳一个个穿成一条丈长的绳。这种绳子，无论打在硬土地上、砖地上，都会发出清脆的竹管声，在游戏中也兼听悦耳的声音。

跳双绳颇不易，有韵律，快速。但是在跳绳中捡铜子儿，也不简单。把一叠铜子儿放在地上（绳子落地碰不到的地方），每跳一下，低头弯腰下去捡起一个铜子儿，看你赶不赶得上再跳第二下。又跳，又弯腰，又伸手捡钱，虽不是激烈运动，却是全身都动的运动呢！

踢毽子是自古以来的中国游戏，这玩具羽毛是基础，但是底下的托子却因时代而不同了。在我幼年时，虽然币制已经用钢板为硬币，但是遗留下来的制钱，还有很多用处，做毽子的底托，就是最好的。方孔洞，穿过一根皮带，把羽毛捆起来，就是毽子了。

自己做毽子，也是有趣的事。用色纸剪了当羽毛，秋天的大朵菊花当羽毛，都是毽子。而记忆中有一种为儿童初步学踢毽子的，叫"踢制钱儿"，两枚制钱用红头绳穿起来，刚好是小孩子的手持到脚的长度即可。小孩子提着它，一踢一踢的，制钱打着布鞋帮子，倒也很顺利。

踢毽子到学习花样儿的时候，有一个歌可以边念边踢，照歌词动作："一个毽儿，踢两瓣儿。打花鼓，绕花线儿。里踢，外拐。八仙，过海。九十九，一百。"

念完，刚好踢十下，但是踢到第五下以后，就都是"特技"了！

剪纸的日子

一张张四四方方彩色的电光纸，对折，对折，再对折，小小的剪子在上面运转自如地剪起各种花样。剪好了，打开来，心中真是高兴，又是一张创作，图案真美，自己欣赏好一阵子，夹在爸爸的一本厚厚的洋书里。

剪纸，并不是小学里的剪贴课，而是北方小姑娘的艺术生活之一。有时我们几个小女孩各拿了自己的一堆色纸，凑在一起剪，互相欣赏，十分心悦。

等到长大些，如果家中有了喜庆之事，像爷爷的生日、哥哥娶嫂子，到处都要贴寿字、双喜字，我们就抢不及地帮着剪，这时，有创意的艺术字，就可以出现了。

在胡同里长大

欣赏喜乐的六十多幅画北平的彩色图片，一面细读这一篇篇有趣的散文，也就一阵阵勾起我的第二故乡之思。尤其在这些画片中，很多是画到胡同风光的，使我这自小在胡同里长大的人，不由得看着看着图片，就回到椿树上二条、新帘子胡同、西交民巷、梁家园、南柳巷和永光寺街这些我住过的胡同里去——在北平的二十六年里，从五岁到三十一岁，我只住过两次大街，那就是虎坊桥大街和南长街。在北平一年四季的生活，在胡同里穿出穿进的，何止是"春天的胡同"（喜乐给小民画插图的书名）。北平是个四季分明的地方，不像台湾这样四季常绿，记得我的母亲生前曾讲过她第一次到北平的笑话：到北平去时是二月，树还没发芽，都是干树枝子，我的母亲竟土里土气地说："怎么北京的树都死光啦！"

在干树枝上，可以很清楚地看见鸟巢，或者下大雪的日子，满树银白，一碰，雪花抖搂下来，冰凉的掉在你的后脖里，小孩子都会又惊奇又高兴地缩着脖子吱吱叫。

　　冬夜的胡同里，可以听见几种叫卖声，卖半空儿花生的，卖萝卜赛梨的，卖炸豆腐开锅的。开门出去，买个叫作"心里美"的萝卜，在一盏小灯下，看卖萝卜的挑出一个绿皮红瓤的，听他用小刀劈开萝卜的清脆声，就让你满心高兴。北平俗话说："吃萝卜就热茶，气得大夫满街爬！"在一炉红火上，开水壶冒气嗡嗡地响了，吃着半空儿花生或萝卜，喝着热茶，外面也许是北风怒吼，屋里却是和谐温暖，这种情况，北平老乡都曾经历过、体验过。

　　夏日的胡同，最记得黄昏时光，太阳落山热气散了，孩子们放学回家。有时放了学的哥姊，要照顾小弟弟小妹妹，就大大小小地推开街门到胡同里玩。黄昏里的胡同风光，我记忆最深刻的是卖晚香玉的。把晚香玉穿成一个个花篮，再配上几朵小红花，挂在一根竹竿上，串胡同叫卖。买花的多是家庭妇女，买一只晚香玉花篮，挂在卧室里，满室生香。最使孩子们兴奋的，是"唱话匣子的"过来了，他背负着一个大喇叭，提着胜利牌俗名"话匣子"的手摇留声机，那时有几家有自备唱机的呢，所以这种租听留声机的行业，就盛行于我的幼年。唱片中，以评剧、地方戏为多，开头说着"高亭公司特请梅兰芳老板唱《贵妃醉酒》"等语，兼有歌曲，但最教人兴奋的，是他送听一曲《洋人大笑》的唱片。那张唱片，从头到尾是洋人大笑，哈哈哈，嘻嘻嘻，呵呵呵，各种笑声，听的人当然也跟着大笑。这张唱片，相信许多人都听过。

　　胡同里虽然时有叫卖声，但是一点儿也不吵人，而且北平的叫卖声，各有其抑扬顿挫，现在回想起来，非常好听。比如夏日卖甜瓜的过来了，他撂下挑子，站在那儿，准备好了，就仰起头来，一手自耳朵后捂着，音乐般地喊着："欸——卖哎好吃得欸——苹果青的脆甜瓜咧——"他为什么半捂着耳朵，是为了在喊出去的时候，也可以收听自己的叫喊声，看是否够味儿吧！上午在胡同里出现的，有卖菜的，卖花的，换绿盆儿的，换取灯儿的，送水的，倒土的，淘茅房的……都是每天胡同生活的情景。

　　说起"换取灯儿的"，使我回忆起那些背着篓筐，举步蹒跚的老妇人。她们是每天可以在胡同里看见、听见的人物之一。冬日里，她们头上戴着绒布或绒线帽子，手上套着露出手指的手套，来到胡同，就高喊着："换洋取灯儿咧！换榧勒子儿啊！"

　　"取灯儿"就是火柴，"洋取灯儿"还是火柴，只因这玩意儿的形式是外来的，所以后来加个"洋"字。那时的洋取灯儿，多为红头儿的丹凤牌，盒外贴着砂纸，一擦就迸出火星。"榧子儿"（"勒"是我加诸形容她的叫卖声的）是像桂圆核一样的一种植物的实，砸碎它泡在水里，浸出黏液，凝滞如胶，是旧时妇女梳好头后搽抹的，也就是今日妇女做发后的"喷发胶"。而榧子儿液，反而不像今日发胶是有毒的化学制品，浸入头皮里有危险。无论你家搬到哪条胡同，都会有不同的"换取灯儿的"妇人，穿梭于胡同里。

"换取灯儿的"老妇人，大概只有一个命运最好的。很小就听说，那就是四大名旦尚小云的母亲，是"换取灯儿的"出身。有一年，尚小云的母亲死了，出殡时沿途有许多人看热闹，我们住在附近（当时我家住在南柳巷），得见这位老妇人的死后哀荣。在舞台上婀娜多姿的尚小云，重孝服上是一个连片胡子脸（旧时孝子在居丧六十天里不能刮胡子）。胡同里的人都指点着说，那是一个怎样的孝子，并且说死者是一个怎样出身的有后福的老太太。

在20世纪30年代小说里，也有一篇描写一个"换取灯儿的"妇人的恋爱故事，那就是许地山（落华生）所写的短篇小说《春桃》，是我记忆深刻，而且非常欣赏的小说，它感人至深。主角"春桃"是一个很可爱的不识字的旧女子。《春桃》一开头儿，就描写的是北平的胡同景色：

> 这年的夏天分外地热。街上的灯虽然亮了，胡同口那卖酸梅汤的还像唱梨花鼓的姑娘耍着他的铜碗。一个背着一大篓字纸的妇人从他面前走过，在破草帽底下虽看不清她的脸，当她与卖酸梅汤的打招呼时，却可以理会她有满口雪白的牙齿。她背上担负得很重，甚至不能把腰挺直，只能如骆驼一样，庄严地一步一步踱到自己门口。

　　再说到北平的交通工具，穿梭于大街上、胡同里的，也多是洋车。洋车就是人力车，这个"洋"是代表东洋日本，因为它最早是从日本传入的。洋车在胡同出入，不会碰到在胡同玩耍的孩子，跑得慢嘛！北平因为是方方正正的城，如果偶有斜巷，就会取名斜街，如杨梅竹斜街、王广福斜街、东斜街、西斜街、上斜街、下斜街、白米斜街……所以拉洋车的如果要转弯，就叫"东去""西去"，而不是像现在所说的"左转""右转"；要下车叫停，也是吩咐"路南到了""路北下车"等语。

　　喜乐所画的胡同风光，是画的典型的当年北平胡同和谐生活的真实情景。胡同里不管是大宅门儿、小住家儿，生活得都很安静，因为北平人的生活，步调一向不快。胡同里的宅墙，该修该补该建新的，也都年年做，所以虽属小门户，在胡同里看下去，也是整整齐齐的。

看华表

不知为什么，每次经过天安门前的华表时，从来不肯放过它，总要看一看。如果正挤在电车里经过（记得吧，三路和五路都打这里经过），也要从人缝里向车窗外追着看；坐着洋车经过，更要仰起头来，转着脖子，远看，近看，回头看，一直到看不见为止。

假使是在华表前的石板路上（多么平坦、宽大、洁净的石板！）散步，到了华表前，一定会放慢了步子，流连鉴赏。从华表的下面向上望去，便体会到"一柱擎天"的伟观。啊！无云的碧空，衬着雕琢细致、比例匀称的白玉石的华表，正是自然美和人工美的伟大的结合。她的背后衬的是朱红色的天安门的墙，这一幅图，布局的美丽，颜色的鲜明，印在脑中，是不会消失的。

有趣的是，夏天的黄昏，华表下面的石座上，成为纳凉人的最理想的地方。石座光滑洁净，坐上去，想必是凉飕飕的十分舒服。地方高敞，赏鉴过往漂亮的男女（许多是去游附近的中山公园），像在体育场的贵宾席上一样。华表旁，有一排马樱花，它的甜香随着清风扑鼻而来，更是一种享受。

我爱看华表，和它的所在地也很有关系，因为天安门不但是北平（北京）的市中心，而且正是通往东西南城的要衢。往返东西城时，到了天安门就会感觉到离目的地不远了。往南去前门，正好从华表左面不远转向公安街去。庄严美丽的华表站在这里，正像是一座里程碑，它告诉你，无论到什么地方，都不远了。

说它是里程碑，也许不算错，古时的华表，原是木制的，它又名表木，是以表王者纳谏，亦以表识衢路，正是一个有意义的象征啊！

蓝布褂儿

竹布褂儿，黑裙子，北平的女学生。

一位在南方生长的画家，有一年初次到北平，住了几天之后，他说，在上海住了这许多年，画了这许多年，他不喜欢一切蓝颜色的布。但是这次到了北平，竟一下子改变了他的看法，蓝色的布是那么可爱，北平满街骑车的女学生，穿了各种蓝色的制服，是那么可爱！

刚上中学时，最高兴的是换上了中学女生的制服，夏天的竹布褂，是月白色——极浅极浅的蓝，烫得平平整整；下面是一条短齐膝盖头的印度绸的黑裙子，长筒麻纱袜子，配上一双刷得一干二净的篮球鞋。用的不是手提的书包，而是把一叠书用一条捆书带捆起来。短头发，斜分，少的一边撩在耳朵后，多的一边让它半垂在鬓边，快盖住半只眼睛了。三五成群，或骑车或走路。哪条街上有个女子中学，哪条街就显得活泼和快乐，那是女学生的青春气息烘托出来的。

北平女学生冬天穿长棉袍，外面要罩一件蓝布大褂，这回是深蓝色。谁穿新大褂每人要过来打三下，这是规矩。但是那洗得起了白茬儿的旧衣服也很好，因为它们是老伙伴，穿着也合身。记得要上体育课的日子吗？棉袍下面露出半截白色剔绒的长运动裤来，实在是很难看，但是因为人人这么穿，也就不觉得丑了。

阴丹士林布出世以后，女学生更是如狂地喜爱它。阴丹士林本是人造染料的一种名称，原有各种颜色，但是人们嘴里常常说的"阴丹士林色"多是指的青蓝色。它的颜色比其他布更为鲜亮，穿一件阴丹士林大褂，令人觉得特别干净、平整。比深蓝浅些的"毛蓝"色，我最喜欢，夏秋或春夏之交，总是穿这个颜色的。

事实上，蓝布是淳朴的北方服装特色。在北平住的人，不分年龄、性别、职业、阶级，一年四季每人都有几件蓝布服装。爷爷穿着缎面的灰鼠皮袍，外面罩着蓝布大褂；妈妈的绸里绸面的丝棉袍外面，罩的是蓝布大褂；店铺柜台里的掌柜穿的布棉袍外面，罩的也是蓝布大褂，头上还扣着瓜皮小帽；教授穿的蓝布大褂的大襟上，多插了一支自来水笔，头上是藏青色法国小帽，学术气质！

阴丹士林布做成的衣服，洗几次之后，缝线就变成很明显的白色了，那是阴丹士林布不褪色而线褪色的缘故。这可以证明衣料确是阴丹士林布，但却不知为什么一直没有阴丹士林线。

忽然想起守着窗前方桌上缝衣服的大姑娘来了。一次订婚失败而终身未嫁的大姑娘，便以给人缝衣服，靠微薄的收入，养活自己和母亲。我们家姊妹多，到了秋深添置衣服的时候，妈妈总是买来大量的阴丹士林布，宋妈和妈妈两人做不来，总要叫我去把大姑娘找来。到了大姑娘家，大姑娘正守着窗儿缝衣服，她的老妈妈驼着背，咳嗽着，在屋里的小煤球炉上烙饼呢！

大姑娘到了我家里，总要待一下午，妈妈和她商量裁剪，因为孩子们是一年年地长高了。然后她抱着一大包裁好了的衣服回去赶做。

那年离开北平经过上海，住在娴的家里等船。有一天上街买东西，我习惯地穿着蓝布大褂，但是她却教我换一件呢旗袍，因为穿了蓝布大褂上街买东西，会受店员歧视。在"只认衣裳不认人的"洋场，"自取其辱"是没人同情的啊！

排队的小演员

听复兴剧校叶复润的戏，身旁有人告诉我，当年富连成科班里也找不出一个像叶复润这样，小小年纪便有这样成就的小老生。听说叶复润只有十四足岁，但无论是唱功还是做派，都超越了一般"小孩戏剧家"的成绩。但是在那一群孩子里，他却特别显得瘦弱、娇小。固然唱老生的外形要"清癯"才有味道，但是对于一个正在发育期的小孩子，毕竟是不健康的。剧校当局是不是注意到每一个发育期的孩子的健康呢？

这使我不由得想起当年家住在虎坊桥大街上的情景。

虎坊桥大街是南城一条重要的大街，尤其在迁都南京前的北京，它更是通往许多繁荣地区的必经之路。幼年幸运地曾在这条街上住了几年，也是家里最热闹的时期。这条大街上有小学、会馆、理发馆、药铺、棺材铺、印书馆，还有一个造就了无数评剧人才的富连成科班。

富连成在我家对面只再往西几步的一个大门里。每天晚饭前后的时候，他们要到前门外的广和楼去唱戏。坐科的孩子按高矮排队，领头儿的是位最高的大师兄，他是个唱花脸的，头上剃着月亮门儿。夏天，他们都穿着月白竹布大褂儿，老肥老肥的，袖子大概要比手长出半尺多。天冷加上件黑马褂儿，仍然是老肥老肥的，袖子比手长出半尺多！

他们出了大门向东走几步，就该穿过马路，而正好就经过我家门前。看起来，一个个是呆板的、迟钝的、麻木的，谁又想到他们到了台上就能演出那样灵活、美丽、勇武的角色呢！

那时的富连成在广和楼演出，这是一家女性不能进去的戏院，而我那时跟着大人们听戏的区域是城南游艺园，或者开明戏院、第一舞台。很早就对于富连成有印象，实在是看他们每天由我家门前经过的关系。等到后来富连成风靡了北平的男女学生，我也不免想到，在那一队我幼年所见到的可怜的孩子里，不就有李盛藻吗？刘盛莲吗？杨盛春吗？

富连成是以严厉出名的，但是等到以新式学校制度的戏曲学校出现以后，富连成虽仍以旧式教育出名，有些地方也就不能不改进了。戏曲学校用大汽车接送学生到戏院以后，富连成的排队步行也就不复见了。否则的话，学生戏迷们岂不要每天跟着他们的队伍到戏院去？

而我们那时也搬离开虎坊桥，城南游艺园成了屠宰场，我们听戏的区域也转移到哈尔飞、吉祥以及长安和新新等戏院了。

爸爸的花儿落了，我也不再是小孩子

新建的大礼堂里，坐满了人。我们毕业生坐在前八排，我又是坐在最前一排的中间位子上。我的衣襟上有一朵粉红色的夹竹桃，是临来时妈妈从院子里摘下来给我别上的，她说：

"夹竹桃是你爸爸种的，戴着它，就像爸爸看见你上台时一样！"

爸爸病倒了，他住在医院里不能来。

昨天我去看爸爸，他的喉咙肿胀着，声音是低哑的。我告诉爸爸，行毕业典礼的时候，我代表全体同学领毕业证书，并且致谢词。我问爸爸，能不能起来，参加我的毕业典礼？六年前他参加我们学校的那次欢送毕业同学同乐会时，曾经要我好好用功，六年后也代表同学领毕业证书和致谢词。今天，"六年后"到了，我真的被选做这件事。

爸爸哑着嗓子，拉起我的手笑笑说：

"我怎么能够去？"

但是我说：

"爸爸,你不去,我很害怕。你在台底下,我上台说话就不发慌了。"

爸爸说:

"英子,不要怕,无论什么困难的事,只要硬着头皮去做,就闯过去了。"

"那么爸爸不也可以硬着头皮从床上起来到我们学校去吗?"

爸爸看着我,摇摇头,不说话了。他把脸转向墙那边,举起他的手,看那上面的指甲。然后,他又转过脸来叮嘱我:

"明天要早起,收拾好就到学校去,这是你在小学的最后一天了,可不能迟到!"

"我知道,爸爸。"

"没有爸爸,你更要自己管自己,并且管弟弟和妹妹,你已经大了,是不是?"

"是。"我虽然这么答应了,但是觉得爸爸讲的话很使我不舒服,自从六年前的那一次,我何曾再迟到过?

当我在一年级的时候,就有早晨赖在床上不起床的毛病。每天早晨醒来,看到阳光照到玻璃窗上了,我的心里就是一阵愁:已经这么晚了,等起来,洗脸,扎辫子,换制服,再到学校去,准又是一进教室被罚站在门边。同学们的眼光,会一个个向你投过来,我虽然很懒惰,却也知道害羞呀!所以又愁又怕,每天都是怀着恐惧的心情,奔向学校去。最糟的是爸爸不许小孩子上学乘车的，他不管你晚不晚。

有一天，下大雨，我醒来就知道不早了，因为爸爸已经在吃早点。我听着，望着大雨，心里愁得了不得。我上学不但要晚了，而且要被妈妈打扮得穿上肥大的夹袄（是在夏天！）踢拖着不合脚的油鞋，举着一把大油纸伞，走向学校去！想到这么不舒服的上学，我竟有勇气赖在床上不起来了。

过了一会，妈妈进来了。她看我还没有起床，吓了一跳，催促着我，但是我皱紧了眉头，低声向她哀求说：

"妈，今天晚了，我就不去上学了吧?"

妈妈就是做不了爸爸的主意，当她转身出去，爸爸就进来了。他瘦瘦高高的，站在床前来，瞪着我：

"怎么还不起来，快起！快起！"

"晚了！爸!"我硬着头皮说。

"晚了也得去，怎么可以逃学！起!"

一个字的命令最可怕，但是我怎么啦？居然有勇气不挪窝。

爸爸气极了，一把把我从床上拖起来，我的眼泪就流出来了。爸爸左看右看，结果从桌上抄起鸡毛掸子倒转来拿，藤鞭子在空中一抡，就发出"咻咻"的声音，我挨打了！

爸爸把我从床头打到床角，从床上打到床下，外面的雨声混合着我的哭声。我哭号，躲避，最后还是冒着大雨上学去了。我是一只狼狈的小狗，被宋妈抱上了洋车——第一次花钱坐车去上学。

我坐在放下雨篷的洋车里，一边抽抽搭搭地哭着，一边撩起裤脚来检查我的伤痕。那一条条鼓起来的鞭痕，是红的，而且发着热。我把裤脚向下拉了拉，遮盖住最下面的一条伤痕，我最怕被同学耻笑。

虽然迟到了，但是老师并没有罚我站，这是因为下雨天可以原谅的缘故。

老师叫我们先静默再读书。坐直身子，手背在身后，闭上眼睛，静静地想五分钟。老师说：想想看，你是不是听爸妈和老师的话？昨天的功课有没有做好？今天的功课全带来了吗？早晨跟爸妈有礼貌地告别了吗？……我听到这儿，鼻子抽搭了一下，幸好我的眼睛是闭着的，泪水不至于流出来。

正在静默的当中，我的肩头被拍了一下，急忙地睁开了眼，原来是老师站在我的位子边。他用眼神告诉我，教我向教室的窗外看去，我猛一转过头，是爸爸那瘦高的影子！

我刚安静下来的心又害怕起来了！爸爸为什么追到学校来？爸爸点头示意招我出去。我看看老师，征求他的同意，老师也微笑地点点头，表示答应我出去。

我走出了教室，站在爸爸面前。爸爸没说什么，打开了手中的包袱，拿出来的是我的花夹袄。他递给我，看着我穿上，又拿出两个铜板来给我。

后来怎样了，我已经不记得，因为那是六年以前的事了。只记得，从那以后，到今天，每天早晨我都是等待着校工开大铁栅栏校门的学生之一。冬天的清晨站在校门前，戴着露出五个手指头的那种手套，举了一块热乎乎的烤白薯在吃着。夏天的早晨站在校门前，手里举着从花池里摘下的玉簪花，送给亲爱的韩老师，她教我跳舞。

啊！这样的早晨，一年年都过去了，今天是我最后一天在这学校里啦！

当当当，钟声响了，毕业典礼就要开始。看外面的天，有点阴，我忽然想，爸爸会不会忽然从床上起来，给我送来花夹袄？我又想，爸爸的病几时才能好？妈妈今早的眼睛为什么红肿着？院里大盆的石榴和夹竹桃今年爸爸都没有给上麻渣，他为了叔叔给日本人害死，急得吐血了。到了五月节，石榴花没有开得那么红，那么大。如果秋天来了，爸爸还要买那样多的菊花，摆满在我们的院子里、廊檐下、客厅的花架上吗？

爸爸是多么喜欢花。

每天他下班回来，我们在门口等他，他把草帽推到头后面抱起弟弟，经过自来水龙头，拿起灌满了水的喷水壶，唱着歌儿走到后院来。他回家来的第一件事就是浇花。那时太阳快要下去了，院子里吹着凉爽的风，爸爸摘下一朵茉莉插到瘦鸡妹妹的头发上。陈家的伯伯对爸爸说："老林，你这样喜欢花，所以你太太生了一堆女儿！"我有四个妹妹，只有两个弟弟。我才12岁……

我为什么总想到这些呢？韩主任已经上台了。他很正经地说：

"各位同学都毕业了，就要离开上了六年的小学到中学去读书，做了中学生就不是小孩子了，当你们回到小学来看老师的时候，我一定高兴看你们都长高了，长大了……"

于是我唱了五年的骊歌，现在轮到同学们唱给我们送别：

"长亭外，古道边，芳草碧连天。问君此去几时来，来时莫徘徊！天之涯，地之角，知交半零落，人生难得是欢聚，唯有别离多……"

我哭了，我们毕业生都哭了。我们是多么喜欢长高了变成大人，我们又是多么怕呢！当我们回到小学来的时候，无论长得多么高，多么大，老师！你们要永远拿我们当个孩子呀！

做大人，常常有人要我做大人。

宋妈临回她的老家的时候说：

"英子，你大了，可不能跟弟弟再吵嘴！他还小。"

兰姨娘跟着那个四眼狗上马车的时候说：

"英子，你大了，可不能招你妈妈生气了！"

蹲在草地里的那个人说：

"等到你小学毕业了，长大了，我们看海去。"

这些人都随着我的长大没有了影子。是跟着我失去的童年一起失去了吗？

爸爸也不拿我当孩子了，他说：

"英子，去把这些钱寄给在日本读书的陈叔叔。"

"爸爸！——"

"不要怕，英子，你要学做许多事，将来好帮着你妈妈。你最大。"

于是他数了钱，告诉我怎样到东交民巷的正金银行去寄这笔钱——到最里面的台子上去要一张寄款单，填上"金柒拾圆也"，写上日本横滨的地址，交给柜台里的小日本儿！

我虽然很害怕，但是也得硬着头皮去——这是爸爸说的，无论什么困难的事，只要硬着头皮去做，就闯过去了。

"闯练，闯练，英子。"我临去时爸爸还这样叮嘱我。

我心情紧张，手里捏紧一卷钞票到银行去。等到从高台阶的正金银行出来，看着东交民巷街道中的花圃种满了蒲公英，我高兴地想：闯过来了，快回家去，告诉爸爸，并且要他明天在花池里也种满蒲公英。

快回家去！快回家去！拿着刚发下来的小学毕业文凭——红丝带子系着的白纸筒，催着自己，我好像怕赶不上什么事情似的，为什么呀？

进了家门来，静悄悄的，四个妹妹和两个弟弟都坐在院子里的小板凳上，他们在玩沙土，旁边的夹竹桃不知什么时候垂下了好几个枝子，散散落落地很不像样，是因为爸爸今年没有收拾它们——修剪、捆扎和施肥。

石榴树大盆底下也有几只没有长成的小石榴。我很生气，问妹妹们：

"是谁把爸爸的石榴摘下来的？我要告诉爸爸去！"

妹妹们惊奇地睁大了眼，她们摇摇头说："是它们自己掉下来的。"

我捡起小青石榴。缺了一根手指头的厨子老高从外面进来了，他说：

"大小姐，别说什么告诉你爸爸了，你妈妈刚从医院来了电话，叫你赶快去，你爸爸已经……"他为什么不说下去了？我忽然觉得着急起来，大声喊着说：

"你说什么？老高。"

"大小姐，到了医院，好好儿劝劝你妈，这里就数你大了！就数你大了！"

瘦鸡妹妹还在抢燕燕的小玩意儿，弟弟把沙土灌进玻璃瓶里。是的，这里就数我大了，我是小小的大人。我对老高说：

"老高，我知道是什么事了，我就去医院。"我从来没有过这样的镇定，这样的安静。

我把小学毕业文凭，放到书桌的抽屉里，再出来，老高已经替我雇好了到医院的车子。走过院子，看到那垂落的夹竹桃，我默念着：

爸爸的花儿落了。

我已不再是小孩子。

天桥上当记

天桥不是女人常去的地方，既不能深入那地方的每一个角落，因此，以女人的笔来写天桥，又怎能写出那地方的精神，那里的江湖，那里的艺术？

可是我写了。

我看到的，实在没有我听到的更多。很多年前，有位记者曾在报上写过"天桥百景"，光是"天桥八怪"，就写了八篇之多，百景写完了没有，不记得了，但是他真是个天桥通，写作的气魄，也令人钦佩。

父亲喜欢逛天桥，他从那里的估衣摊上买来了蓝缎子团花面的灰鼠脊子短皮袄，冬天在家里穿着。有人说，估衣都是死人的衣服，我听了觉得很别扭，因此我并不喜欢爸爸的这件漂亮衣服。母亲也偶然带着宋妈和我逛天桥。她大老远地到天桥去买旧德国式洋炉子，还有到处都买得到的煤铲子和烟囱等，载了满满两洋车回来。临上车的时候，还得让"掸孙儿"的老乞妇给穷掸一阵子。她掸了车厢掸车座，再朝妈妈和我的衣服

上乱掸一阵,耍着贫嘴说:

"大奶奶大姑儿,您慢点儿上车……嘿我说,你可拉稳着点儿,到家多给你添俩钱儿,大奶奶也不在乎……大奶奶,您坐好了,搂着点儿大姑儿。大奶奶您坐好……嘿,孙哉!先别抄车把,大奶奶要赏我钱哪!"

我看妈妈终于被迫地打开了她那十字布绣花的手提袋,掏出一个铜子儿来。

我长大以后,更难得去逛天桥了,我们年轻一代的生活日用品,是取诸东安市场和西单商场,因此记忆中的那一次逛天桥,便不容易忘记了。

一个冬天的下午,我和三妹在炉边烤火,不知怎么谈起天桥来了,我们竟兴致勃勃地要去天桥逛逛,她想看看有没有旧俄国军毯子卖,我没有目的。但是妈妈说,天桥的东西要会买的,便非常便宜,不会买的,买打了眼,可就要上当了。我和三妹一致认为母亲是过虑的,我们又不是三岁孩子,我们更不会认不出俄国毯子和别的东西的真假。

"还价呢?会吗?"母亲问。

"笑话!漫天要价,就地还钱,我们也懂呀!"三妹说。

"还了价拔腿就走,这不是妈妈您这'还价大王'的诀窍儿吗?"我说。

母亲的劝告,没有使我们十分在意,我和三妹终于高高兴兴地来到了天桥。

逛天桥，似乎也应当有个向导，因为有些地方，女性是不
便闯了去的，比如你以为那块场地在说相声，谁不可以听呢？
但是据说专有撒村①的相声，他们是不欢迎女听众的，北平人
很尊重女性，在"堂客"的面前，他们是决不会撒村的。听说
有过这么一回事，两位女听众来到她们不该听的场地来了，说
相声的见有女客来，既不便撒村，又不便说明原委赶走她们，
只好左一个，右一个，尽讲的普通相声，女听众听得有趣，并
不打算起身。最后，看座儿的实在急了，才不得已向两位女听
众说：

"对面棚子里有大妞儿唱大鼓，您二位不听听去？"

两位女听众，这时大概已有所悟，这才红着脸走了。

我和三妹还不至于那么傻，何况我们的目的是买点儿什
么，像那江湖卖药练把式摔跤的，我们怕误入禁地，连张望也
不张望呢！

卖估衣的，或卖零头儿布的，聚集在一处。很有些可买的
东西，皮袄、绣袍、补褂，很多都是清室各府里的落魄王孙，
三文不值两文卖出去的。卖估衣的吆喝方式很有趣，他先漫天
要价，没人搭茬儿，再一次次地自己落价。我们逛到一个布摊
子面前，那卖布的方式，把我们吸引住了。那个布摊子，有三
四个人在做生意，一个蹲在地上抖落那些布，两个站在那里吆

---

① 方言，意为说粗鲁话。

喝，不是光吆喝，而是带表演的。一块布从地摊儿上拿起来时，那个站着的大汉子接过来了，他一面把布打开，一面向蹲着的说："这块有几尺？"

"十二尺半。"

"多少钱？"

"十五块。"

于是大汉子把那号称十二尺半的绒布双迭拉开，两只胳膊用力地向左右伸出去，简直要弯到背后了，他带着韵律地喊着说：

"瞧咧这块布，十二尺半，你就买了回去，绒裤褂，一身儿是足足地有富余！"

然后他再把布抻得砰砰响，说：

"听听！多仔密，多结实，这块布。"

"少算点儿行不行呀？"这是另一个他们自己的人在问。

"少多少？你说！"自己人问自己人。

"十二块。"

"十二块，好。"他又拉开了这块布，仍然是撑呀撑呀，两只胳膊都弯到背后去了，"十二块，十二尺，瞧瞧便宜不便宜！"

有没有十二尺？我想有的。我心里打量着，一个大男人，两条胳膊平张开，无论如何是有六尺的，双层布，不就是十二尺了吗？何况他还极力地弯呀弯呀，都快弯到一圈儿了，当然有十二尺。

三妹也看愣了，听傻了，江湖的话，干脆之中带着义气，非常入耳，更何况他表演的十二尺，是那样地有力量，有信用，有长度呢！

"你看这块布值不值?"三妹悄悄问我。

我还没答话呢，那大汉子又自动落价了：

"好!"他大喊了一声，"再便宜点儿，今儿过阴天儿，逛的人少，还没开张呢！我们哥儿三，赔本儿也得赚吃喝！够咱们喝四两烧刀子就卖呀！这一回，十块就卖，九块五，九块三，九块二咧，九块钱！我再找您两毛五!"

大汉子嗓子都快喊破了，我暗暗地算，十二尺，我正想买一块做呢大衣的衬绒，这块岂不是刚够。布店里这种绒布要一块多钱一尺呢，这十二尺才九块，不，八块七毛五，确是便宜。

这时围着看热闹的人更多了，我也悄声问三妹：

"你说我做大衣的衬绒够不够?"

三妹点点头。

"那——"我犹疑着，"再还还价。"我本已经觉得够便宜了，但总想到这是天桥的买卖，不还价，不够行家似的。

"拿我看看。"我终于开口了，围观的人都张脸看着我们姐儿俩。

我拿过来看了看，的确是细白绒布。

"够十二尺吗?"

摊子上没有尺,真奇怪,布是按块儿卖,难道有多长,就凭他的两条胳膊量吗?我一问,他又把布大大地撑开来,两条胳膊又弯到背后去了。

"十二尺半,您回去量。"

"给你七块五。"

我说完拉着三妹就走,这是跟"还价大王"妈妈学的。其实在我还另有一种意思,就是感觉到已经够便宜了,还要还价还得那么少,实在不忍心,又怕人家要损两句,多难为情,所以赶快借此走掉,以为准不会卖的,谁知走没两步,卖布的在叫了:

"您回来,您回来。"

我明白他有卖的意思了,不免壮起胆来,回头立定便说:

"七块五,你卖不卖吧!"

"您请回来!"

"你卖不卖嘛?"

"我卖,您也得回来买呀!"

他说得对,我和三妹又回到布摊前面来。谁知等我回来了,他才说:

"您再加点儿。"

我刚想再走,三妹竟迫不及待地说:

"给你八块五好了!"一下子就加了一块钱。

“你再加点儿，您再加一丁点儿我就卖，这还不行吗？”

“好了好了，八块六要卖就卖，不卖拉倒！”

“卖啦，您拿去！”

比原来的八块七毛五，不过便宜了一毛五，我们到底还是不会还价，但是，想一想，可比外面布店买便宜多了，便宜了几乎有一半。不错！不错！我想三妹也跟我一样满意，因为她向我笑了笑，可能很得意她会还价。

我们不打算再买什么，逛什么了，天也不早，我们姐儿俩便高高兴兴地回家来。见着妈妈就告诉她，我们虽然没买什么，但是买了一块便宜布来。

“我看看。”妈妈说着就拆开了纸包，“逛了半天天桥，你们俩大概还是洋车来回，就买了一块布头儿！几尺呀？八尺？”妈妈把布抖落开了。

“八尺？”我和三妹大叫着，“十二尺哪！”

“十二尺？”这回是妈大叫了，“我不信，去拿尺来，绝没有十二尺！绝没有十二尺！”她连声加重语气，妈妈真讨厌，总要扫我们的兴。

尺拿来了，妈妈一尺一尺地量着，最后哈哈大笑起来：“我说怎么样？八尺，一尺也不多，八尺就是八尺！”

我和三妹都愣住了。但是三妹还强争说：

“您这是什么尺呀！”

“我是飘准尺！”妈妈一急，夹生的北京话也出来了。

"什么标准尺——"三妹没话可讲了，但是她仍挣扎着说，"那也没什么吃亏的，可便宜哪！才八块六买的，布铺里买也要一块多一尺哪！"

"我的小姐，说什么也是上当啦！"妈把布比在我们的鼻子前，指点着说，"一块多，那是双面的细绒布，这是单面的，看见没有！这只要七八毛一尺。"

真是令人懊丧极了！还有什么可说的呢！我和三妹相视苦笑。停了一下，她想起什么似的，说：

"我觉得那个卖布的，他的两条胳膊，不是明明——"三妹也把自己的两手伸平打量着，"难道这样没有六尺？那么大的大男人？难道只有四尺？真奇怪。不过，他真有意思，两臂用力弯到背后去，仿佛是体育家优美的姿势。"

"他的话，也有一种催眠的力量，吸引着人人驻足而观，其实围观的人，并不是个个要买布的——"我还没说完，妈妈嘴快打岔说：

"哪像你们姐儿俩！"

"——而是要欣赏他们的艺术，听觉和视觉都得到感官的快乐，谁不愿意看见便宜不占呢？谁不愿意听顺耳的话呢？天桥能使你得到。"

"吃一回亏，学一回乖，"妈妈说，"你们上了当还直夸。"

"这就是天桥的艺术和精神了，你吃了亏，却不厌恶它。"

"所以说，逛天桥，逛天桥嘛！到天桥去要慢慢地逛，仔细地欣赏，却不必急于买东西，才是乐事。"妈妈说。

　　八尺的绒，不够做大衣的衬里，但足够做一件旗袍的里。我做好穿了它，价钱虽然贵了些，但它使我认识了一些东西，虽然上当，总还是值得的。

访母校·忆儿时

　　我的小学母校在北平，地址在和平门外厂甸，简称厂甸师大附小。北平的师范大学，有附属中学和附属小学，在同一社区，是文化古都北平有名的校区。我第一次返"第二故乡"北平，访母校附小是1990年5月的事。一群夏家的子侄陪我一道去，因为他们也都是附小毕业的，就连他们的子女，现在也都在附小读书，厂甸师大附小是一家三代的母校了。

　　校园还是老样子，大校门进去，是环抱两条斜坡的路，因为校园比大街高出许多。上了坡，眼前显现的是广大校园前部，一年级的教室仍在左手边！脑海里立刻浮现出下雨天我上课迟到，爸爸给我送衣服来的情景，那已经是六十多年前的事了。前方对面望去，有一排房子，当年是专为男生上课的劳作教室。旁边还有两个窗口的房子，是排队买早点——烧饼麻花（油条）的地方。

　　我记得我的门牙掉了，吃起东西来抿着嘴，吃烧饼麻花也一样，又难看又不舒服。北平的小孩子掉了门牙，大人见了常会开玩笑说："吃切糕不给钱，卖切糕的把你门牙摘啦?"切糕是一种用黄糯米粉和红枣、芸豆、白糖蒸出来的糕，像台湾的萝卜糕一样大，人人都爱吃。

从校园向右往里走，经过二年级教室、花圃，穿过大礼堂、音乐教室，豁然一亮，就到了大操场和右手一排依旧是临街墙的老楼房教室，操场也还和从前一样，有滑梯、秋千、转塔等。想到我那时从前面的一、二年级升到后面的三、四年级，升高长大，心中好不得意。转塔、秋千、滑梯是我的"最爱"!

进到楼房廊下，看见一间教室的外墙上，钉着一个牌子，上面横写着三行字：

邓颖超同志
1920 年至 1921 年
曾在此教室任教

看起来很亲切，可见他们对邓颖超女士的敬重。她是周恩来的夫人，一对模范夫妇，他们生活简朴，一向喜爱收养抚育孤儿，非常有爱心，所以受人敬重。前些时（1992 年 7 月 11日）邓女士以八十八岁高龄于久病后故去，我们也一样地悼念她。

校园没有变动，这栋楼房也是我在三、四年级上了两年课的地方。上下课的时候，钟声一响，群生奔向楼梯，木板被踩得咚咚响，我现在还好像听到吵人的声音。

校园的最后面，也就是楼房的右边，原有一排矮屋，是缝纫教室和图书室，但是现在却没有，太陈旧矮小被拆除了吧！但是我在这儿却有着难忘的生活。女生到了三年级就要到这间教室学针线。这屋里有两张长桌和一排靠墙的玻璃橱，橱里摆着我们的成绩——钩边的手绢、蒲包式婴儿鞋、十字刺绣，等等。教室的另一头是图书室，书架上是《小朋友》《儿童世界》杂志，居然还有很多商务印书馆出版的林纾、魏易用浅近的文言所翻译的世界名著，像《基度山恩仇记》《二孤女》《块肉余生记》《劫后英雄传》，等等，我都囫囵吞枣地读过，可见得，当我白话文还没学好的时候，已经先读文言的世界名著了，奇怪不奇怪！

在后面绕了一圈，又回到前院去，到我二年级的教室前拍了一照，因为它仍是当年我上课的教室，没有变动。我忽想起我上二年级的糗事，算术开始学乘法，我怎么也不会进位，居然被级任王老师用藤教鞭打了几下手心，到今天还觉得羞愧脸热。

今天走到这儿，拍了照，我忽然对晚辈讲起这些糗事并且笑说："是不是我也可以在教室外挂一块牌子，上面写：林海音同学1925年至1926年曾在此教室挨揍。"

子侄们听了大笑！

五、六年级的教室，就在二年级教室的东面。我们升入六年级的第一天，下午下课前，新级任李尚之老师指定几个男同学，要他们下了课留在教室，先不要回家。大家疑心重重，不知道是什么事要他们留下来。打扫教室？挂贴画表？功课不好需要补习？

有一些好事的同学便也留下来不回家，躲到离教室远远的角落看动静。

第二天，你们猜是怎么回事？

好事听动静的同学告诉我们了。原来昨天教室门关起来以后，只听见李老师叫那几个男同学一字排列，严词厉色地说，他知道他们几个人在五年级时是班上闹得不像话又不用功的学生——五年级的钱老师是个老秀才，是好人，但是管不住学生，我就是从钱老师班升上来的，所以我知道——现在到了李老师班上。李老师说到这儿便拿起了藤教鞭，"咻！咻！"两下子，接着说："到了我这班上，可没这么便宜！"便接着在每人身上抽了几下，几个出名的坏学生，便闪呀躲呀的，可也躲不及，只好乖乖地各挨了一顿揍。

"你们怎么知道？不是教室关紧了吗？"我们女同学问。

"趴在门窗缝看见、听见了呀！"淘气的男同学扮着鬼脸说。

"也欠揍！"我也不客气地撇嘴对男生说。

　　小学的最后一年，在李尚之老师的教导下，我们成了优秀和模范班。矮矮胖胖、皮肤黝黑的李老师，是河北省人（附小的老师几乎都是河北省人），他虽严厉，但教课讲解仔细，也爱护我们，我们实实在在地受益不少。这一年中也有不少学生（男生最多）挨了揍，但是我们不觉得有什么不妥当，那和现在有的老师拿打人出气是截然不同的。

　　我的附小记忆中的老师像教舞蹈体育的韩荔媛老师，教缝纫的郑老师，二年级级任王老师，五年级级任钱老师（他的名字是钱贯一，反过来念就是"一贯钱"啦！）都是一生难忘的。

　　我们附小主任是韩道之先生，他是韩荔媛老师的父亲。记得上三年级的时候，有一天他召集全校女生到大礼堂去听他训话，他发表讲话说，我们身体发肤受之父母，所以不可毁伤，劝大家不要随时髦剪掉辫子。因为那时正是新文化运动，西洋的各种风气东来，一股热潮，不但文化、衣着、生活上的种种习俗都改变了，剪辫子留短发也是女学生（甚至我母亲那样的旧式家庭妇女）的新潮流。韩主任的一番大道理，谁听得进去！过不久还不是十个女生有九个剪掉黄毛小辫儿，都成了短发齐耳了。我当然也是。

　　前面我说过，我们的缝纫教室也是学校图书室，我喜欢看书架上的杂志《小朋友》和《儿童世界》。《小朋友》是中华书局出的，《儿童世界》是商务印书馆出的。《小朋友》的创办人中有一位是黎锦辉先生，他对中国的音乐教育太有贡献，我们是中国新文化开始后第一代接受西洋式的新教育的，音乐、体育、美术，都是新的，我们小学生，几乎人人都学的是黎先生编剧作曲的歌剧，像《麻雀与小孩》《小小画家》《葡萄仙子》《可怜的秋香》《月明之夜》，哪一个不是小朋友们所喜欢、所唱过的哪！他办的《小朋友》杂志是周刊，每到星期六，我就等着爸爸从邮局（他在北平的邮局工作）提早把《小朋友》带回来。在上面，我爱看《鳄鱼家庭》，还有王人路（他是电影明星王人美的哥哥）的翻译作品。记得有一期登了一篇小说，说是一个王子慈善心肠，他走在路上很小心，低头看见地上有蚂蚁就踮着脚尖走，不愿踩到蚂蚁，这给我留下的印象很深。我虽然是任意走路的人，但是真的低头看见蚂蚁，也会不由得躲开走呢！这都是受了《小朋友》上小说的影响吧！

等我长大了，进了中学，当然满心欢喜阅读新文艺作品和翻译的西洋作品，《小朋友》就不知道什么时候从我的读书生活中消失了。

今年的暮春五月，我们一群儿童文学工作者到上海、北京、天津去和大陆的同好者开会，热闹极了，亲热极了。我在会场上认识了许多人，重要的是在上海的会中，桂文亚给我介绍了今年八十六岁的陈伯吹老先生，他一生至今都是从事儿童文学工作，写作、编辑或教书。他虽是快九十岁的人了，但健康的气色、红润的肤色、亲切的谈吐，都使人有沐浴春风的感觉。大家都很敬重他，我也一样，给他拍了照片。

这时台北的陈木城过来了，他说："来，林先生和七十岁的《小朋友》合拍一张。"原来他拿来的是一本《小朋友》创刊七十周年纪念号，全书彩色，虽然是二十四面薄薄的一本，但七十岁可是个长寿呀！算起来这位"小朋友"还比我小，我们都这么健康，我虽然这么大岁数，也没有失掉孩子气，我愿意像陈伯吹先生一样，一生都要分出时间来为孩子们不断地写！

男人之禁地

很少——简直没有——看见有男人到那种店铺去买东西的。做的是妇女的生意，可是店里的伙计全是男人。

小孩的时候，随着母亲去的是前门外煤市街的那家，离六必居不远，冲天的招牌，写着大大的"花汉冲"的字样，名是香粉店，卖的除了妇女化妆品以外，还有全部女红所需用品。

母亲去了，无非是买这些东西：玻璃盖方盒的月中桂香粉，天蓝色瓶子广生行双妹嚜的雪花膏（我一直记着这个不明字义的"嚜"字，后来才知道它是译英文"商标"Mark 的广东造字），猪胰子（通常是买给宋妈用的）。到了冬天，就会买几个瓯子油（以蛤蜊壳为容器的油膏），分给孩子们每人一个，有着玩具和化妆品两重意义。此外，母亲还要买一些女红用的东西：十字绣线、绒鞋面、钩针……这些东西男人怎么会去买呢？

母亲不会用两根竹针织毛线，但是她很会用钩针织。她织的最多的是毛线鞋，冬天给我们织墨盒套。绣十字布也是她的拿手，照着那复杂而美丽的十字花样本，数着细小的格子，一针针，一排排地绣下去。有一阵子，家里的枕头套、妈妈的钱袋、妹妹的围嘴儿，全是用十字布绣花的。

随母亲到香粉店的时期过去了，紧接着是自己也去了。女孩子总是离不开绣花线吧！小学三年级，就有缝纫课了。记得当时男生是在一间工作室里上手工课，耍的不是锯子就是锉子；女生是到后面图书室里上缝纫课，第一次用绣线学"拉锁"，红绣线把一块白布抽得皱皱的，后来我们学做婴儿的蒲包鞋，钉上亮片，滚上细绦子，这些都要到像花汉冲这类的店去买。

花汉冲在女学生的眼里，是嫌老派了些，我们是到绒线胡同的瑞玉兴去买。瑞玉兴是西南城出名的绒线店，三间门面的楼，它的东西摩登些。

我一直是女红的喜爱者，这也许和母亲有关系，她那些书本夹了各色丝线。端午节用丝线缠的粽子，毛线钩的各种鞋帽，使得我浸涵于精巧、色彩，种种缝纫之美里，所以养成了家事中偏爱女红甚于其他的习惯。

在瑞玉兴选择绣线是一种快乐。粗粗的日本绣线最惹人喜爱，不一定要用它，但喜欢买两支带回去。也喜欢选购一些花样儿，用誊写纸描在白府绸上，满心要绣一对枕头给自己用，但是五屉柜的抽屉里，总有半途而废的未完成的杰作。手工的制品，不是一朝一夕可以完成的，从一堆碎布、一卷纠缠不清的绣线里，也可以看出一个女孩子有没有恒心和耐性吧！我就是那种没有恒心和耐性的。每一件女红做出来，总是有缺点，比如毛衣的肩头织肥了，枕头的四角缝斜了，手套一大一小，十字布的格子数错了行，对不上花，抽纱的手绢只完成了三面；等等。

但是瑞玉兴却是个难忘的店铺，想到为了配某种颜色的丝线，伙计耐心地从楼上搬来了许多小竹帘卷的丝线，以供挑选，虽然只花两角钱买一小支，他们也会把客人送到门口，那才是没处找的耐心哪！

难忘的两座桥

走天桥

这座名叫"天桥"的桥，是六十多年前，我七八岁的时候，开始看见她的。她在我的母校北京师范大学附属小学的后操场边上。她的形状是这样的：

桥面约三码长，宽度约十英寸，厚度约十英寸，两边斜坡。整座桥全部都是木制，很结实。我们去走的时候，就叫作"走天桥"。下了课，同学们都喜欢到后操场去走天桥，是运动，也是趣味。由这一边爬走上去，两手扳着斜坡，弯着腰，撅着屁股一步步朝上走。虽很吃力，但很兴奋。上了桥面，可就要小心，因为要脚尖顶着前面脚跟，一步步小心翼翼的，两手有时要张开维持平衡的姿态，好像走钢索一样！

走完这条约三码长的桥面，（中间要注意，可别掉下桥去呀！）该下坡了，又是一阵紧张，比上坡可麻烦喽！因为下坡，大家都知道，可不是撅着屁股爬行，而是直着身子，挺胸，腆着肚子朝下走啊！脖子一动也不能动，架着你的脑袋，眼球不能左右乱看。

有一点还得知道，这木桥无论哪一面，都是平光的，虽不滑，但也不是很平稳。就这么挺胸腆肚走下去，最后一步跳到地面上，算完成了这一趟"走天桥"。快乐地大喊一声，是成功了一件大事！

这种光面的爬行，是一种本事。她训练你胆大、心细，只许前进，不许退缩。所以，"走天桥"在我自小的心目中，永难忘怀。每逢走她，我都带着兴奋的心情。"要努力啊！"我告诉自己。"要走完啊！"我鼓励自己。"走完天桥"的心意，就这么自小到大养成了。

数十年后，我重踏第二故乡北京，再返母校找寻我的"桥"。桥不见了，很失望，不知何年何月给拆掉了。

我不知道有多少老同学老朋友记得我的桥，但是没关系，她永存于我心中，给我的影响是今生今世，永久永久。

宽敞美丽的十七孔桥

从小到大，每年到颐和园做春假旅行是必然的事。那么广大的皇家园林，里面有看不尽的自然的或人工的景致，传说是清末慈禧太后花费了海军军费三千万两雪白银子的款项修建的。这个中国最完美的皇家园林，虽然她自己享受了，但还是供给更多后世的人无尽的享用！

春假时节，从北京城区到颐和园的游春者，真是络绎于途，出了西直门，车呀，牲口呀，徒步的人呀，尘土飞扬的情景忘不了。我头上包着一块头纱，玩够了回家，还是满鼻孔的黄土。想当年，北京可真是"无风三尺土"，一点儿也不错啊！

到了颐和园，门口是两尊石狮子，雕刻的坐姿别提多美了。进了门就看见昆明湖的大湖面，向右看，是万寿山。我们总是先向左转，经过耶律楚材墓，向前走，就是铜牛。越过造型优美的十七孔桥，接连了昆明湖和万寿山，我只熟悉万寿山上高高的排云殿，一步步向上走去，许多这个殿、那个阁的，我可就背不出来了。

从万寿山朝广大的昆明湖望下去，十七孔桥历历在目。她是多么美啊！无论日出、日落，十七孔桥总是在晨曦的阳光中或月色朦胧中，安安稳稳地架在湖面上。她接连了湖与岸，游客走上排云殿，不免停驻阶梯上，回头望湖面，那白玉石栏杆的十七孔桥，像一道彩虹，跨在庙、亭之间。

如果你漫步在桥上，从桥栏向湖水望去，碧波荡漾中是天光云影。这十七孔桥，桥长一百五十米，宽八米，共有十七个桥洞，桥栏杆上雕有石狮五百多只，不同的姿态，造型非常美，无论大人小孩游客，都不由得要伸手去勾一勾、摸一摸。

到了夏天，昆明湖面上布满了游艇，堤岸上柳荫处处，散步在堤岸上，是无限的夏意之美。

我们知道颐和园是皇家用了该建海军的白花花的几千万两银子，但却不知道谁是那筑园的工程师，历史上没有记载，是无名英雄啊！

如今，十七孔桥以及占地二百九十公顷的皇家园林，几百年下来，还是那么美丽地存在着。如果去北京旅行，可别忘了到颐和园走游一天，别忘记走一走我的十七孔桥，数一数桥栏杆上的石雕狮子啊！

冬生娘仔

　　母亲看见我为杂志的"童玩"专辑做"小脚儿娘",勾起了她的回忆。她记起在她六岁的时候,在家乡板桥和姐妹们也做一种叫作"冬生娘仔"的小脚娘,大家便要求她做几个给我们瞧瞧。她答应试试看,因为她的眼力不行了,而冬生娘仔的小脚,是要用半厘米宽的白布条来缠的,她不知道她如今还做得了不。"我今年七十六岁了呢!"她感叹地说,"但是,也只有我们这种岁数的人才会做吧!"

　　看,过了两天,她真的给做来了。大大小小的冬生娘仔,做了许多个。她说:"做这些,使我想起我当年小孩子的时候,和我的大姐、二姐、堂姐,还有许多板桥的游伴一起玩冬生娘仔的事情。七十年喽!"林婆婆一边说着,一边把它们从一个远东公司的塑料袋里拿出来。

　　好可爱的冬生娘仔。我们看见还有一些碎布和竹枝,就要求当面看她做。

　　母亲拿起了一根香脚——就是香烧过了的红色细竹枝棒。

她将香脚头上轻轻弯过约半厘米来，就在这半厘米的转角上，
用一条半厘米宽的白布条缠来缠去，缠成一个小脚的形状来。
小脚完成了，然后在香脚约三分之二高度地方，横捆另一小段
香脚，成十字形。小脚的上面是一只裤管，十字架上面穿上一
件女褂子，这就是冬生娘仔了。很简单，因为是当她是六岁女
孩子时做的。但是缠那只小脚，却不简单，因为是按着真正缠
足的次序缠下来的。

"为什么要玩缠小脚呢？"我们问。

"因为我们在玩缠小脚的时候，自己的脚已经真的缠过
了！"

"林婆婆，你是几岁缠足的？"又问。

"五岁。"

五岁？想想看，中国人的五岁，实际上只有四岁多，现在
的孩子，不过刚进幼儿园，排排坐，吃果果呢，母亲却已经被
大人用一条六米长的裹脚布把脚缠上了。脚背骨已断，四个脚
趾弯在脚心里，锥心的痛啊！夜里大人还要把一双套鞋缝上，
为的是怕小女孩夜里痛时拆开裹脚布。

母亲一面做冬生娘仔，一面谈起她过去缠足的痛苦经验
（她是十二岁放足的）。这令过去女孩醉心的小小手工，实际
上隐藏了多少辛酸哪！

"您也是把冬生娘仔放在鞋盒里的吗？"

"那时哪有鞋盒！我们是放在抽屉里的。小的，就放在番

仔火（火柴）盒子里。"

"你们怎么玩冬生娘仔呢？也是像扮家家酒那样玩吗？"

"扮家家酒，北平人叫'过家家儿'，我们台湾人叫'办公伙仔'。我们玩的时候，只是彼此交换自己做的冬生娘仔，欣赏配的衣裤好看不，缠的脚工整不。"

"玩到几岁呢？"

"女孩子到了八九岁，就开始学习做衣绣花了。因为那时女孩子到十几岁就要结婚了，要学做许多女红呢，要真正地为自己做绣花鞋了。所以，玩冬生娘仔也就是玩到六七岁吧！"

冬生娘仔，是福建和台湾民间女孩子玩的，关于它的传说很多。据说她是花神转世，擅长刺绣，尤喜欢绣百花。怪不得女孩子都崇拜她。冬生娘仔只有一只脚，传说是被厉害的嫂子打断了一只。又传说她是在大年午夜时失足跌死的，所以冬生娘仔的祭日通常是在年夜。女孩子们把所做的冬生娘仔祭供后烧掉，在烧掉以前，还要念一首祭歌，祭词多种，我们选录一种如下：

> 冬生娘仔冬丝丝。
>
> 教阮绣花，好针黹。
>
> 绣手绣脚，尖溜溜。
>
> 绣弓鞋，好鞋鼻。
>
> 教阮梳头，好后份。

教阮缚脚，落米升。

教阮排花，兼刺绣。

教阮灵敏，加能溜。

教阮盘马齿，光秃秃。

教阮画花，花枝清。

教阮画柳，柳枝明。

教阮嫁夫，夫婿和好百年祭。

听歌词，可以知道做冬生娘仔，无非是培养女孩子们成为贤妻良母，教她们对家事更感兴趣。

母亲使我们知道七十年前台湾民间流行的女孩子游戏——"冬生娘仔"的做法和玩法，和在那个时代里，这种游戏之所以产生的背景和意义。

冬阳·童年·骆驼队

——《城南旧事》出版后记

骆驼队来了，停在我家门前。

它们排列成一长串，沉默地站着，等候人们的安排。天气又干又冷。拉骆驼的摘下了他的毡帽，头上冒着热气，是一股白色的烟，融入干冷的空气中。

爸爸在和他讲价钱。双峰的驼背上，每匹都驮着两麻袋煤。我在想，麻袋里面是"南山高末"呢，还是"乌金墨玉"？我常常看见顺城街煤栈的白墙上，写着这样几个大黑字。但是拉骆驼的说，他们从门头沟来，他们和骆驼，是一步一步走来的。

另外一个拉骆驼的，在招呼骆驼们吃草料。它们把前脚一屈，屁股一撅，就跪了下来。

爸爸已经和他们讲好价钱了。人在卸煤，骆驼在吃草。

我站在骆驼的面前，看它们咀嚼的样子：那样丑的脸，那样长的牙，那样安静的态度。它们咀嚼的时候，上牙和下牙交错地磨来磨去，大鼻孔里冒着热气，白沫子沾在胡须上。我看呆了，自己的牙齿也动起来。

老师教给我，要学骆驼，沉得住气。看它从不着急，慢慢地走，总会走到的；慢慢地嚼，总会吃饱的。也许它天生是该慢慢的，偶然躲避车子跑两步，姿势就很难看。

骆驼队伍过来时，你会知道，打头儿的那一匹，长脖子底下总系着一个铃铛，走起来，铛、铛、铛地响。

"为什么要系一个铃铛？"我不懂的事就要问一问。

爸爸告诉我，骆驼很怕狼，因为狼会咬它们，所以人类给它戴上铃铛，狼听见铃铛的声音，知道那是有人类在保护着，就不敢侵犯了。

我的幼稚心灵中却充满了和大人不同的想法，我对爸爸说："不是的，爸！它们软软的脚掌走在软软的沙漠上，没有一点点声音，您不是说，它们走上三天三夜都不喝一口水，只是不声不响地咀嚼着从胃里反刍出来的食物吗？一定是拉骆驼的人，耐不住那长途寂寞的旅程，才给骆驼戴上了铃铛，增加一些行路的情趣。"

爸爸想了想，笑笑说："也许，你的想法更美些。"

冬天快过完了，春天就要来了，太阳特别暖和，暖得让人想把棉袄脱下来。可不是吗？骆驼也脱掉它的旧驼绒袍子啦！它的毛皮一大块一大块地从身上掉下来，垂在肚皮底下。我真想拿把剪刀替它们剪一剪，因为太不整齐了。拉骆驼的人也一样，他们身上那件反穿大羊皮，也都脱下来了，搭在骆驼背的小峰上。麻袋空了，"乌金墨玉"都卖了，铃铛在轻松的步伐里响得更清脆。

夏天来了，再不见骆驼的影子，我又问妈："夏天它们到哪儿去？"

"谁？"

"骆驼呀！"

妈妈回答不上来了，她说："总是问，总是问，你这孩子！"

夏天过去，秋天过去，冬天又来了，骆驼队又来了，童年却一去不还了。冬阳底下学骆驼咀嚼的傻事，我也不会再做了。

可是，我是多么想念童年住在北京城南的那些景色和人物啊！我对自己说，把它们写下来吧，让实际的童年过去，心灵的童年永存下来。

就这样，我写了一本《城南旧事》。

我默默地想，慢慢地写，又看见冬阳下的骆驼队走过来，又听见缓缓悦耳的驼铃声。童年重临于我的心头。

抒情

豆腐一声天下白

卖豆腐的声音仍像二十年前一样，天刚亮就把我从熟睡中喊醒。我猛地从床上起来，跑到临街的窗前，拉开窗帘向外张望。

"要买豆腐吗？"床上正在看早报的人说。

"不是。"我摇摇头，"我是要看看她到底长得什么样儿。"

二十年来，许多声音从这一排临街的窗子透进来。睡在榻榻米上时，偶然有车子从窗前的巷子经过，那声音就好像车子从你头上轧过去一样。卖豆腐的妇人是最早的一个，她应当是和我家墙头上的牵牛花一样，都是早起的，但是她没有牵牛花清闲。牵牛花拿紫色迎接太阳，她是灰色的——别误会，我不是说她的人生是灰色的，只是她的衣服罢了。一个勤勉的妇人，为了一块钱一块钱的豆腐，把那种悠扬的调子一声声传到你的耳根："卖豆腐啊！油车糕豆干！"晨起的第一声，听了二十年了，你没有照顾过她一次，临去之晨，总要和她相识一下吧！

　　这排窗，我管它叫"感情的窗"。今早我从窗里看出去的，不止是卖豆腐的妇人，也有收酒干的，也有卖粽子的。算卦的瞎子也过来了，仍是手扶在儿子的肩头上。儿子长得很高了，穿着西装，梳着齐耳根的长发，脚下是一双高跟的男皮鞋。谢雷的打扮嘛！可惜他的爸爸看不见，他的妈妈虽然不是瞎子，但也早已弃此人生，弃这一家而走，更看不见了。那个哥哥或者弟弟呢？他在哪儿？怎么没跟来？

　　曾经有过一段全家人拥着这位户长出来算卦的日子。那时，瞎子还是瞎子，穿着一身极破旧的裤褂，太太很年轻，却未曾有过花开的美日子。她的衣服更破旧，不必写"悦己者容"吧，头发是蓬乱的，脸上因为串大街小巷串得油亮的，很瘦弱的样子。这样的她，我却眼见她生了两个儿子。他们全家人出来的时期，该是他们最美好的日子吧！算卦的丈夫，像女人那样背驮着小儿子，大儿子坐在竹车里玩耍，母亲一手推着小竹车，一手携扶着背了小儿子的瞎丈夫。她不美，小嘴瘪瘪的，更造成了她的早老的样子。但是她的脸的表情总是和蔼的，这样的日子，看见这样的脸色，你不是同情她，而是敬重她了。对面阿森的妈妈最信服这个算卦的，常常把他们请到门前的石磴子上坐下来，然后开始算卦。不知道他是怎么掐、怎么算的，但见阿森的妈妈，很认真地听着，叫阿森给瞎子倒茶水。这一卦的价值，有时是几碗米，有时是几张小钞票。

　　孩子们年年长大，瘦弱的妈妈不必跟着携扶了，这职务由儿子来担承。五六岁就跟着爸爸出来了，不，是爸爸跟着儿子了。瞎爸爸一手扶在儿子肩头上，儿子则是一手拿着弹弓橡皮筋什么的在放射。但是他从不离开父亲一步，你看，他从五六岁，七八岁，到九岁、十岁，到今天，像谢雷那样的打扮了，有十六七岁了吧！虽然摆的是青春少年的架势，但仍不离开父亲一步。母亲几时死去的？好几年前就听说死了。这妇人的一生快乐吗？很不甘心地死去吧？一定还舍不得离开瞎了的丈夫、幼小的儿子。

收买酒干报纸的，近日成群地过来，搬家的人很多的缘故，但是我总不能忘记最诚实可靠的那个。

许多年来，都是把家里的旧报纸和瓶瓶罐罐的卖给缺了门牙的那个。他每次来，都是很诚恳地用他的秤一边称着一边说：

"我的秤头是没有错的，做生意就要老实，一点儿都不能乱来。"

我很高兴，我说：

"是的，旧报纸不是值钱的东西，我也不是在乎那一毛两毛的，但是，如果不诚实的秤，真让人生气，我最厌恶不诚实。"

生意做得很顺利，个把月，他来一趟。他喊的声音是深沉的、老练的、稳重的。我家的报纸和旧杂志太多太多了，十几种报纸和三十几种杂志。每次他来，都说："我的秤头没有错……报纸有很多剪了的，也没关系……"

我也有些歉意，蝇头小利，是多么不容易，我说："剪了的，就不要算秤，扔在一边好了。但是我的杂志是崭新的。你看，你看，你称斤买了去，到旧书摊就是起码一块钱一本呢！"

忽然有一年，阿绸心血来潮，把报纸称了称。我家没有秤，她是怎么去称的，我也不清楚。然后，诚实的人来了，他又说："我的秤头没有错……"阿绸从身后拿出了另一杆秤，揭发了他十年来的不诚实。好可怕的一刹那！最小的事情，最少的利润，变成了最大的骗局。这样的局面，比面对一个抢劫的强盗还令人尴尬吧！那时的心情，感觉到的是受了侮辱，而不是欺骗。

此后，很多日子，那个深沉、老练、稳重的声音，不再从早晨的窗子透过来。我偶然老远地在巷头看见他了，他就绕道而行。一个月一个月地过去了，报纸和杂志堆得把那块地板都压凹下去了。没有勇气再叫另外收买报纸的，觉得彼此诚实是一件困难的事，又觉得一向信任的事突然扭转成这个样子，不知道该怎么处理了。我和阿绸很想把这件事忘记，我们很希望他再敲一敲我们那扇友情之门，如果他再说一次："我这回秤头没有错。"我们一定会相信他，一定会说："快拿去称吧，堆得太久了。"但是他自那以后并没有再出现。

秋游狮头山

到了我的家乡头份，狮头山已经近在眼前。几次还乡堂兄弟们都邀我上山一游，可是每次都因为家事羁身，不得不匆匆赶回台北，去狮头山的心愿已经许下三年了。

这次因为星期日后面跟着国父诞辰，难得两个假日连在一起，我们正在盘算如何打发时，恰好今春阿里山的游伴蔡先生夫妇来进游狮头山，同行还有朱先生夫妇。还愿的机会从天而降，自然欣然应允。

早晨八点坐轻便的旅行汽车出发，由台北到狮头山山口，有平坦宽阔的公路可通。尤其是从台北大桥到桃园的一段，完全是沥青路面，两旁是整齐的树木，汽车以每小时三十五公里的速度前进，真像高弓的箭一样。一路上树木浓绿，是盛夏的感觉，但是二熟稻金黄黄的，又是深秋景象了。

过了竹南、头份，便该向狮头山的山路上进行了，这一段山路也是铺了沥青，无怪同行的定海朱先生慨叹说："台湾的交通真方便，我将来是不回去的了！"

十一点到了狮头山山脚，前面已经排满了游客的大小汽车，这里正在台北和台中的中间，我们估计从台中、彰化甚至嘉义来的客人不会比台北更少。有旅行经验的蔡先生说："衣食住行，我们还是先解决住的问题吧！"他捷足先登，我们追随在后，顾不得玩赏风景，一路上抛落那些漫步的客人，似乎"神行太保"绑上马甲，气喘吁吁，只顾赶路。但觉得在树阴密蔽的山路上，阴冷幽暗，踩着长满苔藓的石阶，步步要当心。

这样走了约半小时，便看见紫阳门——上山来的第一个建筑。进了紫阳门走不远，便是劝化堂了。当劝化堂的和尚告诉我们，他们这儿和再上面的开善寺的客房都被订一空时，我们只好拔脚便走，连庙的样子都没有细看。到了狮头山最高处的狮岩洞，一个和尚迎在庙前说，今天晚上有八十客人订了所有的客房，我们这时才感觉事情的严重。这时丈夫忽然指着和尚身后门上的对联"仙游至此何妨少驻"对他说："你们既是说'何妨少驻'，为什么弄得我们无处可住呢？"朱先生也说："这副对联应当改成'先来先住'，我们是先来的，便先住下吧！"在交涉的时候，恰好灵霞洞的住持"云游到此"，本着我佛慈悲之心，答应给我们一个容身之地，我们便跟他直奔灵霞洞。

从狮岩洞再走下去是下坡路，这时候已经十二点多，虽然饥肠辘辘也顾不得，经过海会庵到灵霞洞，决定女客住在尼姑房里，男客在大雄宝殿上搭铺，才算解决了住的问题。

吃过午饭，把旅行包安置好，我这才先从所住的庙注意起。原来狮头山上的庙宇多半是就天然岩石凿建，庙身建在石洞里，灵霞洞里便有一副对联形容说："他去有踪留片石，洞空无物剩闲云。"这些庙都称不起堂皇，灵霞洞尤其简单。去过普陀灵隐或北平大庙的人，都不免有此感觉。不过台湾庙宇有个特点，便是尼姑和尚同住一庙，灵霞洞的法定住持便是率领着一班比丘尼在修行。招呼我们的是一个惹人怜爱的年轻女尼，她可以说客家话、闽南话、国语和日本话，我们觉得她如果在尘世上也必不凡，不知道为什么要做清苦的出家人。我起初猜测她可能是被家人许愿送来的。谁知晚上当她铺被的时候，在我们盘问出家经过下，她竟含笑回答说，她是五年前自愿出家来此。我这时对着这位赤足秃顶穿着灰布短袖的圣洁女尼，把我们世俗的生活和她的苦修比，只有叹服她的道心坚定了。

午饭后，我们正式出发逛山，决定先逛后山，明天下山再顺路选前山。

从灵霞洞再向下去，走过几段石阶，便到了金刚寺。寺也是依岩石而建，庙顶的岩石上是茂密的竹林，风景很好，不过因为游客常常是走到山顶的海会庵便因疲乏而折回，因此后山我佛便显得寂寞了。

由金刚寺向万佛庵走下去转几个弯，眼前豁然开朗，使人心胸通畅。原来我们从山脚一路上来，走的多半是阴暗的山径，到这里极目四望，左面是冈峦起伏，尽入眼底，右面的群峰却在云烟缥缈中，前后都是随山势起伏的小道，可以看见鱼贯而行的红红绿绿的游客，听见他们的笑语声。我站在这里看得发呆，同行的人笑我无力前进，哪里知道我正注视远山一朵不动的白云呢！

　　万佛庵大概是全山最清洁的一座庙了，几净窗明，一尘不染，更难得的是两间新修的客房全空着，我们后悔没有多走几步"到此少驻"。老师太送过清茶，我和她套同乡，才知道这里一位女尼还是我家的远亲。老师太说得高兴，引我到佛像前，她教我合十念过阿弥陀佛后，打开佛龛下的小门，从里面舀出一杯清凉的泉水给我喝，说这是"圣水"，喝了可以抱大儿子。原来万佛庵也是依山岩而筑，有一股极细微的泉水从石罅流出来，正好在佛像的下面，建庙时筑贮水小池，随时可取饮。

　　在万佛庵休息后，本来还可以再向下走到最后的水帘洞，不过这时已经暮色苍茫，而且据一路喘着气、浑身汗透的游客说："逛逛虽然好，回来不得了！"我们便牺牲不去了，蔡先生另一个说法却是："留一个地方不去，好引起再来的念头！"

　　回到灵霞洞吃过素斋，洗一个热水澡，原想到庙外赏月，可惜霾云四布，月亮在云里钻出钻进，山径又是黑黝黝的，而且灵霞洞的几盏自磨电灯八点就要熄灭，我们便在七点钟统统钻进了被窝。

第二天早晨循原路下山，休息一夜以后觉得脚下轻松多了。一路上仔细玩赏山景，听泉水淙淙，看远山含黛，俯视山下是稻田阡陌和一条从万山丛中流出的小溪，沿着山脚蜿蜒而下不知所终。从狮岩洞向下走去，有一处耸立的峭壁，是狮头山著名的伟观。石壁上刻"南无阿弥陀佛"和"即心是佛"几个大字，还刻有一首诗是："山色苍苍耸碧天，烟波江上送渔船。诗情好共秋光远，洞壑钟声和石泉。"游客题名，更是拥挤不堪。

一路到了开善寺，算是全山最大的庙了，敷瓷砖的立柱和墙，清洁是清洁，只是令人想到浴室的意味。倒是寺外的一品红盛开，真够动心夺目。由开善寺到了劝化堂，听见的是一片钟声木鱼应和着和尚们的早课诵经声。从劝化堂到山脚，竹林幽径，离山口一百多石级的地方，就是使山得名的"狮头石"。这块石头要从石阶上往下看，才看得清它像一个伸出的狮头的侧面，石上藤蔓低垂，正好形成了它的毛发胡须。

狮头山并没有我想象中的高峻，庙寺的建筑也不够惊人。但是山径曲折，天然风景优美，自有她的情趣，这便要游山人自己去体会的了。

书　桌

　　窥探我家的后窗，是用不着望远镜的。过路的人只要稍微把头一歪，后窗里的一切，便可以一览无遗。而最先看到的，便是临窗这张触目惊心的书桌！

　　提起这张书桌，很使我不舒服，因为在我行使主妇职权的范围内，它竟属例外！许久以来，他每天早上挟起黑皮包要上班前，都不会忘记对我下这么一道令：

　　"我的书桌可不许动！"

　　这句话说久了真像一句格言，我们随时随地都要以这句"格言"为警惕。

　　对正在擦桌抹椅的阿彩，我说："先生的书桌可不许动！"

　　对正在寻笔找墨的孩子们，我说："爸爸的书桌可不许动！"

　　就连刚会单字发音的老四都知道，爬上了书桌前的藤椅，立刻拍拍自己的小屁股，嘴里发出很干脆的一个字："打！"跟着便赶快自动地爬下来。

但是看一看他的书桌在继续保持"不许动"之下，变成了怎样的情形！

书桌上的一切，本是代表他的生活的全部，包括物质的与精神的。他仰仗它，得以养家糊口；他仰仗它，达到写读之乐。但我真不知道当他要写或读的时候，是要怎样刨开了桌面上的一片荒芜，好给自己展开一块耕耘之地。忘记盖盖的墨水瓶，和老鼠共食的花生米，剔断的牙签，眼药瓶，眼镜盒，手电筒，回纹针，废笔头……散漫地布满在灰尘朦胧的"玻璃垫上"！另外再有便是东一堆书，西一叠报，无数张的剪报夹在无数册的书本里。字典里是纸片，地图里也是纸片。这一切都亟待整理，但是他说："不许动！"

不许动，使我想起来一个笑话：一个被汽车撞伤的行人呻吟路中，大家主张赶快送医院救治，但是他的家属却说，"不许动！我们要保持现场等着警察来。"不错，我们每天便是以"保持现场等着警察来"的心情看着这张书桌，任其脏乱！

窗明几净表示这家有一个勤快的主妇，何况我尚有"好妻子"的衔称，想到这儿，我简直有点儿冒火儿，他使我的美誉蒙受污辱，我决定要彻底地清理一下这书桌，我不能再等着警察了。

要想把这张混乱的书桌清理出来，并不简单，我一面勘查现场一面运用我的智慧。怎样使它达到清洁、整齐、美观、实用的地步呢？因为除了清洁以外，势必还得把桌面上的东西分门别类地整理一下，使物各就其位，然后才能有随手取用的便利，这一点是要着重的。

我首先把牙签盒送到餐桌上，眼药瓶送回医药箱，眼镜盒应当摆进抽屉里，手电筒是压在枕头底下的，这是第一步。第二步就轮到那些书报了，应当怎么样使它们各就其位呢？我又想起一个故事：据说好莱坞有一位附庸风雅的明星，她买了许多名贵的书籍，排列在书架上，竟是以书皮的颜色分类的，多事的记者便把这件事传出去了。但是我想我还不至于浅薄如此，就凭我在图书馆的那几年编目的经验，对于杜威的十进分类法倒还有两手儿。可是就这张书桌上的文化，也值得我小题大做地把杜威抬出来吗？

待我思索了一会儿以后，决定把这书桌上的文化分成三大类，我先把夹在书本里的剪报全部抖搂出来，剪报就是剪报，把它们合成一叠放进一个纸夹里，要参考什么资料，打开纸夹随手取用，便利极了。字典和地图里的纸片是该送进字纸篓的，我又把书本分中西高矮排列起来，整齐多了。至于报纸，留下最近两天的，剩下都跟酱油瓶子一块儿卖出去了，叫卖新闻纸酒干的老头儿来得也正是时候。

这样一来，书桌上立刻面目一新，玻璃垫经过一番抹擦，光可鉴人，这时连后窗都显得亮些，玻璃垫下压着的全家福也重见天日，照片上的男主人似对我微笑，感谢贤妻这一早的辛劳。

他如时而归。仍是老规矩，推车、取下黑皮包、脱鞋、进屋，奔向书桌。

我以轻松愉快的心情等待着。

有一会儿了，屋里没有声音。这时我并不稀奇，我了解做了丈夫的男人，一点残余的男性优越感尚在作祟，男人一旦结婚，立刻对妻子收敛起赞扬的口气，一切都透着应该的神气，但内心总还是……想到这儿，我的嘴角不觉微微一翕，笑了，我像原谅一个小孩子一样地原谅他了。

但是这时一张铁青的瘦脸孔，忽然来到我的面前：

"报呢？"

"报？啊，最近两天的都在书桌左上方，旧的刚卖了，今天的价钱还不错，一块四一斤，还是台斤。"

"我是说——剪报呢？"口气有点儿不对。

"剪报，喏，"我把纸夹递给他，"这比你散夹在书报里方便多了。"

"但是，我现在怎么有时间在这一大叠里找出我所要用的？"

"我可以先替你找呀！要关于哪类的？亚盟停开的消息？亚洲排球赛输给人家的消息？还是关于德国独立？或者越南的？"我正计划着有时间把剪报全部贴起来分类保存，资料室的工作我也干过。

但是他气哼哼地把书一本本地抽出来，这本翻翻，那本翻翻，一面对我沉着脸说："我不是说过我的书桌不许动吗？我这个人做事最有条理，什么东西放在什么地方，都是有一定规矩的，现在，全乱了！"

世间有些事情很难说出它们的正或反，有人认为臭豆腐的实际味道香美无比，有人却说玉兰花闻久了有厕所味儿！正像关于书桌怎样才算整齐这件事，我和他便有臭豆腐和玉兰花的两种不同看法。

虽然如此，我并没有停止给他收拾书桌的工作，事实将是最好的证明，我认为。

但是在两天后他却给我提出新的证明来，这一天他狂笑地捧着一本书，送到我面前："看看这一段，原来别人也跟我有同感，事实是最好的证明！哈哈哈！"他的笑声要冲破天花板。

有一篇题名《人人愿意自己是别人》的文章里，他拿红笔勾出了其中的一段：

> 一个认真的女仆，决不甘心只做别人吩咐于她的工作。她有一份过剩的精力，她想成为一个家务上的改革者。于是她跑到主人的书桌前，给它来一次彻底的革新，她按照自己的主意把纸片收拾干净。当这位倒霉的主人回家时，发现他的亲切的杂乱已被改为荒谬的条理了……

有人以为——这下子你完全失败了，放弃对他的书桌彻底改革的那种决心吧！但人们的这种揣测并不可靠。要知道，我们的结合绝非偶然，是经过了三年的彼此认识，才决定"交换饰物"的！我终于在箱底找出了"事实的更好的证明"——在一束陈旧的信札中，我打开来最后的一封，这是一个男人在结束他的单身生活的前夕，给他的"女朋友"的最后一封信，我也把其中的一段用红笔重重地勾出来：

> 从明天起，你就是这家的主宰，你有权改革这家中的一切而使它产生一番新气象。我的一向紊乱的书桌，也将由你的勤勉的双手整理得井井有条，使我读于斯，写于斯，时时都会因有你这样一位妻子而感觉到幸福与骄傲……

我把它压在全家福的旁边。

结果呢？——性急的读者总喜欢打听结果，他们急于想知道现在书桌的情况，是"亲切的杂乱"呢？还是"荒谬的条理"？关于这张书桌，我不打算再加以说明了，但我不妨说的是，当他看到自己早年的爱情的诺言后，是用罕有的、温和的口气在我耳旁悄声地说："算你赢，还不行吗？"

三只丑小鸭

孩子们学校放了假，吵吵闹闹地回到了我的身边。

半个月来，台北的雨像泪人儿似的，紧一阵慢一阵哭个不停，三只丑小鸭出不去，就在这间客厅、书房兼饭厅的六叠上设下了天罗地网，一会儿做球场，一会儿做战场。外面是淫雨连绵，屋里是杀喊震天，而我呢，跟着这三只丑小鸭团团转，不知怄了多少气！

上午打发老小上班上学校，我在入厨前，原有一段比较清静的时间可以消磨。听听无线电，喝喝新泡的香片，看看刚送来的日报，这对于时时在紧张生活中的我，说得上是享受吧！可是这段时间也随着假期取消了，如今从临街的窗户送进"豆腐一声天下白"起，解放了我们的早觉，丑小鸭们也就一个个从梦中醒转来，先是叽叽喳喳，像是怕惊醒了我们，最后终于全武行地滚作一团。我这时也不能再充耳不闻，这一起身，五官四肢便如开了电钮一般，忙个不歇，直到日落西山，把他们打发上了床，才算喘过一口气。

  偶然写过几篇小孩子好玩的小文，人家都以为我有个理想的快乐家庭。从未见面的文友们也曾来信说，当他们看见我的孩子们在纸上跃然欲出时，想象到我是个满面福相、儿女绕膝的女人，天晓得，欣赏过我家一团糟的朋友，都曾叹观止矣！有些场面堪称伟大惊险，比如，他们把所有可以挪动的家具——竹凳、折椅、沙发全部排列起来，节节加高，从房门口排到壁橱，然后一个个走上去，进了壁橱，裹着毡子盘腿儿坐在壁橱里的被褥垛上，说这便是所罗门王；有时他们把老二五花大绑，背后插把小扇子，让她跪着，表演枪毙女匪首，天哪！我们家离马场町太近了，如果我是今之孟母，也许该搬搬家了；有时我闻见饭焦的味道，要赶快到厨下去，却得经过这座桥头堡，如果碰上他们戒严，还要喝问口令，教我拿什么去答应呢？最糟的是赶上不速之客的光临，要挪出沙发给客人坐，孩子们却比着枪，喊："不许动！"客人连说："没关系。"我更是手忙脚乱，不知所措了！

  他和我都感觉到被孩子吵得太凶了，时时希望有人把他们带出去一天，让我们踏踏实实地吃顿饭，让我们安安稳稳地写上几千字。果然有一天他们受外婆的邀请，坐巴士绕四城看朋友去了。我们夫妻俩惬意得很，以为这一天除了吃喝玩乐不受儿女的牵制以外，还可以来上几千字的好生意。不过吃饭的时候，他竟糊里糊涂地又照例盛了五碗饭，多了三碗没人动。吃着饭总像是有什么事忘记办，又像是孩子们就要进来，结果两个人无话可说地吃了一顿饭，像鱼喝水一样——没有声音。

饭后文思不来，伏在桌上硬写不出字，心里却惦记着孩子们现在何处，外婆会不耐烦了吧？坐巴士不会把头探到车窗外吧？老三穿少了不会冷吗？

终于他也憋出了一句："怎么还不回来？"我不由得拖上木屐，走出巷口外，徘徊，张望，一直到听见喊"妈"的娇呼声，心里才有了着落！结果这一天一字未成！

到晚来，三只丑小鸭又在作怪，哭声、笑声、叫声，乱成一片，电灯也好像比刚才亮些、热些！他又剔着牙，望着孩子们傻笑。只有半天的工夫，却好像是许久没有见面一样。这种时间的感觉，正像老二那句"过去式"的口头语"好几天"一样，哪怕是一小时以前的事，都是好几天了！

鸭的喜剧

"好，被我发现了！"

尖而细的声音从厨房窗外的地方发出来，说话的是我们那长睫毛的老三。俗话说得好："大的傻，二的乖，三的歪。"她总比别人名堂多。

这一声尖叫有了反应，睡懒觉的老大，吃点心的老二，连那摇摇学步的老四，都奔向厨房去了。正在洗脸的我，也不由得向窗外伸了头，只见四个脑袋扎作一堆，正围在那儿看什么东西。啊，糟了！我想起来了，那是放簸箕的地方，昨天晚上……

"看！"仍然是歪姑娘的声音，"这是什么？橘子皮？花生皮？还有……"

"陈皮梅的核儿！"老大说。

"包酥糖的纸！"老二说。

然后四张小脸抬起来冲着我，长睫毛的那个，把眼睛使劲挤一下，头一斜，带着质问的口气："讲出道理来呀！"

我望着正在刮胡子的他，做无可奈何的苦笑。我的道理还没有编出来呢，又来了一嗓子干脆的：

"赔！"

没话说，最后我们总算讲妥了，以一场电影来赔偿我们昨晚"偷吃东西"的过失。因为"偷吃东西"是我们在孩子面前所犯的最严重的"欺骗罪"。

我们喜欢在孩子睡觉以后吃一点东西，没有人抢，没有分配不均的纠纷。在静静的夜里，我们一面看着书报，一面剥着士林的黄土炒花生，窸窸窣窣，好像夜半的老鼠在字纸篓里翻动花生壳的声音。

我们随手把皮壳塞进小几上的玻璃烟缸里，留待明天再倒掉。可是明天问题就来了，群儿早起，早在仆妇打扫之前，就发现了塞满了的烟缸。

"哪儿来的花生皮？"我被质问了，匆忙之间拿了一句瞎话来搪塞，"王伯伯来了，带了他家大宝，当然要买点儿东西——给他吃呀！"我一说瞎话就要咽唾沫。

但是王伯伯不会天天带大宝来的，我们的瞎话被揭穿了，于是被孩子们防备起"偷吃东西"来了。他们每天早晨调查烟缸、字纸篓。我们不得不在"偷吃"之后，做一番"灭迹"工作。

"我一定要等，"有一次我们预备去看晚场电影，在穿鞋的时候，听见老二对老三说，"他们一定会带回东西来偷偷吃的。"

"我也一定不睡!"老三也下了决心。

这一晚我们没忘记两个发誓等待的孩子,特意多买了几块泡泡糖。可是进门没听见欢呼声,天可怜见!一对难姊难妹合坐在一张沙发上竟睡着了!两个小身体裹在一件我的大衣里,冷得缩做一团。墙上挂的小黑板上写了几个粉笔字:"我们一定要等妈妈买回吃的东西",旁边还很讲究地写上注音符号呢!

把她们抱上床,我试着轻轻地喊:"喂,醒醒,糖买回来啦!"两双眼睛努力地睁开来,可是一下子又闭上了,她们实在太困了。

小孩子真是这么好欺骗吗?起码我们的孩子不是的。第二天早上,当她们在枕头边发现了留给她们的泡泡糖,高兴得直喊奇怪,她们忘记是怎么没等着妈妈而回到床上睡的事了。

但是这并没有减轻我们的"灭迹"工作,当烟缸、字纸篓都失效的时候,我居然怪聪明地想到厨房外的簸箕。谁想还是"人赃俱获"了呢!

讲条件也不容易,他们喊价很高:一场电影,一个橘子,一块泡泡糖,电影看完还得去吃四喜汤团。一直压到最后只剩一场电影,是很费了一些口舌的。

逢到这时,母亲就会骂我:"惯得不像样儿!"她总嫌我不会管孩子,我承认这一点。但是母亲说这种话的时候,完全忘了她自己曾经有几个淘气的女儿了！

我实在不会管孩子，我的尊严的面孔常常被我的不够尊严的心情所击破。这种情形，似乎我家老二最能给我道破。

火气冒上来收敛不住，被我一顿痛骂后的小脸蛋儿都傻了。发泄最痛快，在屋小、人多、事杂的我们的生活环境下，孩子们有时有些不太紧要的过错，也不由得让人冒火儿，其实只是想借此发泄一下罢了。怒气消了，怒容还挂在脸上，我们紧绷着脸。但是孩子挨了骂的样子，实在令人发噱，我努力抑制住几乎可以发出的狂笑，把头转过去看他们，或者用一张报纸遮住了脸，立刻把噘着的嘴唇松开来。这时我可以听见老二的声音，她轻轻地对老三说："妈妈想笑了！"

果然，我真忍不住笑了起来，孩子们恐怕也早就想笑了吧，我们笑成一堆，好像在看滑稽电影。

老大虽然是个粗心大意的男孩子，却也知母甚深，三年前还在小学读书时，便在一篇题名"我的家庭"的作文里，把我分析了一下：

> 我的母亲出生在日本大阪，七岁去北平，国语讲得很好。她很能吃苦耐劳，有一次我参加讲演要穿新制服，她费了一晚上的工夫就给我缝好了。不过她的脾气很暴躁，大概是生活压迫的缘故。

看到末一句我又忍不住笑了，我立刻想到套一句成语，"生我者父母，知我者儿女。"

我曾经把我的孩子们称为"三只丑小鸭"，但这称号在维持了八年之后的去年是不适宜了，因为我们又有了第四只。我用食指轻划着她的小红脸，心中是一片快乐。看着这个从我身体里分化出来的小肉体，给了我许多对人生神秘和奥妙的感觉，所以我整天搂着我的婴儿，不断地亲吻和喃喃自语。我的北平朋友用艳羡的口吻骂我："瞧，疼孩子疼得多寒碜！"人生有许多快乐的事情，再没有比做一个新生婴儿的母亲更快乐。

人们会问到我"四只鸭子"的性别：几个男的？几个女的？说到这，我又不免要啰唆几句。

当一些自命为会算命看相的朋友看到我时，从前身、背影、侧面，都断定我将要再做一个男孩的母亲。我也有这种感觉，因为我已经有的是一个男孩和两个女孩，按理想，应当再给我一个男孩。没看见戏台上的龙套吗？总是一边儿站两个才相衬。但是我们的第四个龙套竟走错了，她站到已经有了两个的那边去了，给我们形成了三个女孩和一个男孩的比例，我不免有点懊丧。

因此外面有了谣言，人们在说我重男轻女了，这真冤枉，老四一直就是我的心肝宝贝！

我的丈夫便拿龙套的比喻向人们解释，他说："你们几时见过舞台上的龙套是一边儿站三个，一边儿站一个的呀?"

　　但是这种场面我倒是见过一次，那年票友唱戏大家起哄，真把龙套故意摆成三比一，专为博观众一乐，这是喜剧。

　　我是快乐的女人，我们的家一向就是充满了喜剧的气氛，随时都有令人发笑的可能，那么天赐我三与一之比，是有道理的了!

今天是星期天

"今天是星期天，孩子们！"在似醒还睡中，我听见他以致训词的调门这样说："让你们辛苦的妈妈睡个早觉！"跟着是孩子们的一阵哄堂好，他连忙"嘘！嘘！"地给镇压下去了。

谁要说"当今之世，知道体贴妻子的丈夫有几个"这样的话，我首先要叫出反对的口号来，这种体贴的幸福，我深深地尝到了——"让你们辛苦的妈妈睡个早觉！"我微笑地、陶醉地，含着这颗"体贴的幸福的果实"在温暖的被窝里翻了个身。我忽然记起，有人曾把"好妻子"的美衔送给我，如果我真有这项荣誉，荣誉应该属于他。想着想着，当我再听见他说什么"孩子们跟我到厨房来……"的时候，我已渐入幸福的梦乡中了。但是这个幸福（或体贴）的回笼觉，似乎没有达到理想的时间，我便被一阵自己的咳嗽给呛醒了，我闻见了什么味儿，也听见了一阵小小的喧哗，是他在说话："美美，乖，快，再去拿点儿报纸来，可别拿今天的，今天是星期天，知道吧?"

好了,我该起来了,原来一股煤烟钻进了蚊帐。走进厨房,我首先要明了的是他们爷儿几个的情形。在厨房果然有一番新景象被我看到:洗脸毛巾围在饭锅上,字纸篓歪在火炉旁,麦片、牛奶罐头、鸭蛋、香蕉,堆在洗脸盆里!外子正给小儿等开讲火的哲学呢!他说:"人要忠心,火要空心。懂不懂?……但是……"他一回头看见了我,"咦?怎么不睡啦?去睡你的,这儿有我!"我幸福地一笑,刚想说:"也该起啦!"话未出口,他又接下了:"要不然,你先来生上这炉火再说,大概炉子有毛病,不然不会生不着的。"

我的孩子们用一种"叹观止矣"的神情,看我用一小团十六开报纸和数根竹皮把那炉火生着了以后,美美开口了:"爸,火着了,做你的麦片牛奶鸭蛋香蕉饼吧!"

"麦片牛奶鸭蛋香蕉饼?是《媛珊食谱》上的?"在那本食谱上,我仿佛没见到有这么一道复杂的点心呀!

"是爸爸发明的!"

那就难怪了,她爸爸发明的东西可多哪,这一早上就两样了,"空心火"跟"麦片牛奶鸭蛋香蕉饼"!

"好,其余的你不用管了,你等着吃现成的,我们来!"

等着吃现成的,对,我由厨房走上了我们的统舱。我说统舱,人家会不懂,原来在这十几席榻榻米上,晚上铺上了被褥,就跟当年我们睡在中兴轮的统舱里一样,故以名之。到了白天，铺盖卷儿一收，当然就是客舱了！现在我所以说"上了我们的统舱"，是因为被褥狼藉，我还没收拾呢！

待我把客舱"表现"出来，那边已经在叫吃早点了。

关于"麦片牛奶鸭蛋香蕉饼"，如果当时有人看见并尝到的话，他们也许会说，那实在是一种缺乏了饼的形状的饼，而且外面黑了有点苦，里面稀了有点生。但它对于我，却不是这种说法，当他踌躇满志地歪着头问我"怎么样"时，我点点头并且不由得颇为含蓄地笑了一下，这含蓄的意义是很深切的，或者可以说，如果不是碍于孩子们在面前，我一定会情不自禁地吻着他那多髭的嘴巴，并且轻轻地告诉他："我不管人家说什么你做的饼是外焦里不熟，我吃出来的完全是一种幸福的味道！"当然，这种味道，只有我一个人尝得出来。

他在得意之余又发话了："记住，孩子们，以后每个星期天都是妈妈休息的日子，无论什么事都不要妈妈动手，她已经辛苦了一个星期了！"最后，他做了如下的决定：

"工作要求效果。看，现在才十点钟，上午诸事已完毕，好，现在，你们可以找小朋友去玩，等到十一点半再回来，我们分工合作，来准备午饭……"

"但是，"我是要说，早点的碗筷还没洗哪，院子还没扫哪，菜还没买哪……不过他不容我插嘴，"你放心好了！"

"不是……"

"一切放心，包在我身上！"他拍拍胸脯。

孩子们呼啸而去，他打了两个饱嗝，夹着一叠报，做"要舒服莫过倒着"的阅报式去了。

当我把碗筷洗净，饭桌擦净，厨房刷净，院子扫净，提着篮子去买菜时，他也看完了报。"咦，到哪儿去?"他不胜惊诧地问。

"买菜去呀!"我也不胜惊诧地回答——难道他说过要请我们下馆子的话了吗?不然他不会不知道买菜是我每天运用智慧最多的一课呀!

"啊，这我倒没想到，不过我们吃最简单的好了，实在用不着像每天那样四盘一碗的，比如做一个咖喱牛肉番茄土豆来拌饭吃就很好了，像刚才我做的麦片牛奶鸭蛋香蕉饼，不就是营养丰富，而做法简单吗?"

"也好!"我满同意。

"不过，"他又犹豫了一下，"好久没吃鲤鱼了是不是?多添个红烧鲤鱼好了。"

菜场归来，小鬼们已经在他的领导下挽袖撩裙做准备状了，我进门先告诉他:"今天的鲤鱼都死去过久，我怕不新鲜，所以没有买。"

他用一种"何不食肉糜"的口气问我:"那你怎么不买活的?"

"活的?"活的比死的贵一倍，我们的菜钱里从来没打过买活鱼的预算呀!但我不好伤他的心，仓促间，便说了一句意义不够明显的话："活的也不新鲜！"好在他没听出来。

"来，我们分工合作，以求工作的效果！"他强调早上那句话，同时转向我，"你就是缺乏这种头脑，所以工作效果较差！"

关于分工合作，工作求效果等事，我应当加以补充说明，外子是个标准公务员，吃这行饭十几年，虽然两袖清风，但是落得不少"效果"，去年曾因办事效果甚佳而受褒奖。一个被褒奖的公务员，是没错的，所以我在被批评"缺乏头脑"后，并没有不愉快，虽然我煮饭也有十几年历史了。

他们又把我送上了客舱，一定不许我下厨房，还是要我吃现成的。我听他分配得有条有理：

"你们三个人，你剥豆，你洗菜，你扇火，菜由我来切，因为对于你们使用菜刀，我还是不放心。"

果然大家在静静地进行"效果"，一点声息也没有。这现象维持了约有二十分钟，厨房里忽然喊出了一声："快来！"跟着是他举着手从厨房出来了，左手的无名指被菜刀割了一道口子，鲜血滴滴，找棉花、找药水、找纱布，大家忙成了一团，不过他很镇静，并嘱咐大家"不要慌"。这时厨房里又喊出了一声："快来！"原来，那个最镇静的美美还在扇火呢！火上是锅，锅里是油，油是开的！我奔上前去，从切菜板上抓起血淋淋的白菜，赶忙丢在油锅里，喳的一声，把美美吓跑了，却把他招来了……

"白菜，血，洗！"缠着纱布的手直向我摆。

"啊，来不及了！"我望着躺在油锅里的白菜。

在饭桌上，我指着那碗白菜，对孩子们说："吃吧，这里面有你爸爸的心血！"

他很得意，但严肃地说："这种菜刀实在有改良的必要，危害甚矣！"

这是不能怪他的，因为他惯于使用刮胡子的保险刀，拿菜刀还是头一遭呢！

到此时为止，星期天刚过了一半，我实在有继续说下去的必要，因为他在饭桌上又宣布下一个节目："吃完饭我带你们几个出去玩，可以让你们的妈妈清静清静，"然后转向我，"你可以睡觉，写文章，打毛衣，随心所欲。"

不用说，吃完饭我又是一阵涮洗，他那种视若无睹的样子，就仿佛从来不知道人生在吃饭之后尚有洗碗一事。

好，在一阵翻箱倒柜之后，有五个纽子、三个破洞等着我来缝，这是义不容辞的，因为全家只有我一个人受过缝补的训练。不过他说："平常你如果随手缝补，就不会有堆积之苦了！"这种批评是很对的，从工作的效果上来说。

"跟妈妈'摆摆'，说：'您舒舒服服地睡一觉吧！'"果然，牙牙学语的四丫头摆手呀呀了一阵子。

送走了他们爷儿五个，我确有轻松之感，是的，我该睡个午觉了，找补早上所失去的幸福之梦。倒下去不久，送晚报的来了，该死，我在睡午觉，来了晚报，都市的生活，对于时间的观念总是模糊的。看完星期小说我再度入梦，但敲门声甚急，想装死都不成，开开门来，一片"拜托"声，原来是邻长里长领着一干人等，送上"请赐一票"，鞠躬如也而去。

时间是不饶人的，当我陆续又为淘粪的、送书的等开了几次门之后，接着他们回来了。

"睡得好吧?"世界上最体贴的人，还是自己的丈夫，我很高兴地回答说："睡了一大觉！不是你们叫门我还睡呢!"

又经过一场脱换衣服之后，他做本日的第三次宣布：

"来呀，孩子们！我们该做晚饭了!"

"不，"我一步抢到厨房门口，两手支撑门柱拦阻着，"你们对我的一番好意，我心领了，晚饭由我一个人来做，请务必答应我这个要求!"

小林的伞

今天早晨细雨蒙蒙，他待要出门，打开这柄被称作"小林"的伞，发现伞骨离开伞轴，再也不能"支持"了。他绷着一张铁青的脸望着我。

"又是孩子们玩坏了我的伞？"我因为最怕看他那副嘴脸，所以尽管低头伏在书桌上，用笔在空白稿纸上乱涂着，随口漫应："不知道。""不知道？"我知道他对于我的答复已怒不可遏，竟气哼哼地出门而去。

讲到小林的伞。就得从我们的恋爱讲起。在我们的恋爱史上，伞是我们爱情的插曲。

最初，他有一把相当考究的黑绸伞，是他的哥哥从法国留学归来，赠给他的"剩余物资"之一，其他包括一个网球拍、一个熨衣板、一件浴衣和几张巴黎裸女画片。他常常带着这把伞来找我，我的淘气的妹妹们也常常惊奇又玩笑地说："带伞干吗？"他便会指着天上一片小小的乌云，正正经经地说道："恐怕会下雨！"但是去过北平的人都知道，雨伞和雨衣并不太需要，因为在大雨倾盆的时候，根本就要停止行动，而北平又难得下一次毛毛雨的。他那种伞，在我的印象里，只有"多雾伦敦"的英国人才常常举着的。常常是这样，临到我们要出门，偏偏天不作美，一块乌云遮住阳光，他便要戴上近视眼镜到院子里，向天空的西北角上望之不已，然后回到屋里来，郑重其事地从屋角取出这把黑绸伞，和我的手提包放在一起，免得忘记一同带去。唉！我们时常在一场电影看完，出来一看，竟是阳光普照！我们三个：他，伞及我，便手挽手又手挽伞，别别扭扭地走成一字排，在阳光之下散步于王府井。最糟糕的是在电影院里，它挤在我们俩座位中间，动辄得咎，碰过来碰过去都是那把又弯又长的大伞柄在作祟！

有一次，又碰到阴霾满布的天气，他当然又坚持要带着伞出去。我说敢打赌不会遇到雨的，他说："未雨绸缪，带着总比不带强，万一下雨呢！免得淋成落汤鸡！"我实在不能忍受了，说："万一下雨，我也宁可淋成落汤鸡！"他尚在犹豫，我最后补充了一句："有伞无我！"他才悻悻然把那伞儿收去！

在许多公共场合的衣帽间里，也常常有它的踪迹，真是"人皆取衣我取伞"！但不幸的是在某次友人的结婚典礼时，这把法国名伞竟不幸被茶房给错了客人，换来一柄破旧的黑布伞。那天赶巧真的有点儿雨，我们俩躲在这把破伞下，他默然不语。他心里一定在盘算着：登个寻失广告吧，未免被人贻笑小题大做，和茶房发脾气吧，实在也无济于事，丢了又真可惜。这把破伞不久便流落到下房去，派给老妈子买菜上茅房用了。

抗日战争胜利以后，日侨遣归，遗下许多东西，我们成天价逛小市儿，捡便宜货。想一想，我们打胜了仗还买人家的剩东西，也说不清心里是什么滋味儿！这把"小林"的伞便是在东单小市上买来的。他希望再得到一把新的那种"英国绅士"味儿的伞的心，不知有多久了，所以当他在那个低头斋发现了这把九成新的伞以后，那种爱不忍释的样子，立刻就使卖主拿出"一买三不卖"的架势来。他把玩良久，最后在伞柄上发现两个字："小林"——我的学生时代的外号，所以他更高兴了："看，你的伞！"小林的伞便在"货高价出头"之下，属于我们了。

我还记得当晚我们臆测"小林"这个日本人，我们猜，小林也许是个学者吧？矮矮的个子，穿着黑西服，皮带系在肚脐眼儿以下的那种日本人。或许是个军阀？不，绝不会，一个日本军阀不会有持伞的习惯的。不管他是干什么的吧，怎么回国连伞都不带走呢？他很惋惜地为小林，当然也很侥幸地为自己。

小林虽然没有把伞带回日本去，他却把"小林"的伞漂洋过海，经海陆空三路带来台湾了。我是先一步到台湾的，一个月后他才来。十五公斤的行李还在基隆，他却举着小林的伞到台北来了。一进门，孩子们喊经月不见的爸爸，又惊奇地喊道：

"妈妈！看爸爸只带一把伞来！"

他这时也有些难为情，指指伞说：

"带它好不容易啊！箱子里装不下，铺盖卷儿里卷不下，所以我从北平一路拿到台湾来，呵呵！"

当然，在飞机上他可能用腿紧紧地夹着它，在船舱里他也可能和它睡在一起呀！

多雨台湾，他的伞总算有了出路，出门带得更勤了。不过两年的工夫，小林的伞已经五劳七伤，修修补补不知多少次了，这次实在是无可救药了！记得小林的伞刚买来的时候，我曾为文小记，如今寿终正寝更不免要祷祭一番了。更庆幸的是，伞虽破不足惜，我们的爱情却老而弥坚呢！

苦念北平

不能忘怀的北平！那里我住得太久了，像树生了根一样。儿童、少女，而妇人，一生的一半都在那里度过。快乐与悲哀，欢笑和哭泣，在那个古城曾倾泻我所有的感情，春来秋往，我是如何熟悉那里的季节啊！

春光明媚，一骑小驴把我们带到西山，从香山双清别墅的后面绕出去，往上爬，大家在打赌，能不能爬上"鬼见愁"的那个山头！我常常念叨"鬼见愁"那块地方，可是我从来也不知道它究竟在哪里。

春天的下午，有时风沙也很大，风是从哪儿吹来的呢？从蒙古那边吹来的吗？从居庸关外那边吹来的吗？春风发狂，把细沙送进了你的眼睛、鼻子和嘴里。出一趟门，赶上风，回来后，上牙打打下牙试试，咯咯吱吱的，全是沙子，真是牙碜。"牙碜"是北平俗话，它常被用在人们的谈话里。比如说：

"瞧，我这两天碰的事儿都别扭，真是，喝凉水都牙碜！"——比喻事不顺心。

"大姑娘哪兴这么说话，也不嫌牙碜！"——比喻言语粗鄙。

"别用手指甲划玻璃好不好，声儿听着牙碜！"——形容令人起寒战的感觉。

"这饭怎么吃着这么牙碜！掺了沙子啦！"——形容咀嚼不适的感觉。

春天看芍药牡丹，是富贵花。中山公园的花事，先是芍药，一池一畦地开，跟着就是牡丹。灯下看牡丹，像灯下观美人一样，可以细细地品赏，或者花前痴望。一株牡丹一个样儿，一个名儿，什么"粉面金刚""二乔""金盆落月"。牡丹都是土栽，不是盆栽，是露天的，春天无雨不怕，就是怕春风。有时一夜狂风肆虐，把牡丹糟蹋得不成样子。几阵狂风就扫尽了春意，寻春莫迟，春在北平是这样的短促呀！

许多夏季的黄昏，我们都在太庙静穆的松林下消磨，听夏蝉长鸣，懒洋洋地倒在藤椅里。享受安静，并不要多说话，仰望松林上的天空，只要清淡地喝几口香片茶。各人拿一本心爱的书看吧，或者起来走走，去看看那几只随着季节而来的灰鹤。不是故意到太庙来充文雅，实在是比邻中山公园的情调，有时嫌太热闹了，偶然也要躲在太庙里享受清福。但是太庙早早就要关门了，阵地不得不转移到中山公园去，那里有同样的松林、同样的茶座，可以坐到很久，一直到繁星满天，茶房收拾桌椅，我们才做最后离园的客人。

最不能忘怀的是"说时迟，那时快"的暴雨。西北的天空忽然乌云密布，一阵骤雨洗净了世间的污浊，有时不到一小时的工夫，太阳又出来了，土的气息被太阳蒸发出来，那种味道至今还令我感到熟悉和亲切。我喜欢看雨后的红墙和黄绿琉璃瓦，雨后赶到北海划小船最写意。转过了北池子，经过景山前的文津街，是到北海的必经之路。文津街是北平城里我最喜爱的一条路，走过那里，令人顿生怀古幽情。

北平的春天，虽然稍纵即逝，秋日却长，从树叶转黄，到水面结冰，都是秋的领域。秋的第一个消息，就是水果上市。水果的种类比号称"果之王国"的台湾并不逊色，且犹有过之。比如枣，像这里的桂圆一样普遍，但是花样却多，郎家园枣、老虎眼枣、葫芦枣、酸枣，各有各的形状和味道，却不是单调的桂圆可以比得了。沙营的葡萄，黄而透明，一瓣两截，水都不流，才有"冰糖包"的外号。京白梨，细而无渣。"鸭儿广"，赛豆腐。秋海棠红着半个脸，石榴笑得合不上嘴。它们都是秋之果。

北平的水果贩最会吆唤，你看他放下担子，一手叉腰，一手捂着耳朵，仰起头来便是一长串的吆唤。婉转的唤声里，包括名称、产地、味道、价格，真是意味深长。

西来顺门前，如果摆出那两面大镜子的招牌——用红漆一面写着"涮"，一面写着"烤"，便告诉人，秋来了。从那时起，口外的羊，一天不知要运来多少只，才供得上北平人的馋嘴咧!

北平的秋天，说是秋风萧索，未免太凄凉！如果走到熙熙攘攘的西单牌楼，远远地就闻见炒栗子香。向南移步要出宣武门的话，一路上是烤肉香。到了宛老五的门前，不由得你闻香下马。胖胖的老五，早就堵着店门告诉你："还要等四十多人哪！"羊肉的膻，栗子的香，在我的回忆中，是最足以代表北平季节变换的气味了！

每年的秋天，都要有几次郊游，觅秋的先知先觉者，大半是青年学生，他们带来西山红叶已红透的消息，我们便计划前往。星期天，海淀道上寻秋的人络绎于途。带几片红叶夹在书里，好像成了习惯。看红叶，听松涛，或者把牛肉带到山上去，吃真正的松枝烤肉吧！

结束这一年最后一次的郊游，秋更深了。年轻人又去试探北海漪澜堂阴暗处的冰冻了。如履薄冰吗？不，可以溜喽！于是我们从床底下捡出休息了一年的冰鞋，弹去灰尘，擦亮它，静待生火出发，这时洋炉子已经装上了。秋走远了。

这时，正是北平的初冬，围炉夜话，窗外也许下着鹅毛大雪。买一个赛梨的萝卜来消夜吧。"心里美"是一种绿皮红瓤的萝卜，清脆可口。有时炉火将尽，夜已深沉，胡同里传出盲者凄凉的笛声。把毛毯裹住腿，呵笔为文，是常有的事。

离开北平的那年，曾赶上最后一次"看红叶"，冰鞋来不及捡出，我便离开她了。飞机到了上空，曾在方方的古城绕个圈，协和医院的绿琉璃瓦给了我难忘的最后一瞥，我的心颤抖着，是一种离开多年抚育的乳娘的滋味。

　　这一切，在这里何处去寻呢？像今夜细雨滴答，更增我苦念北平。不过，今年北平虽然风云依然，景物还在，可是还有几人能有闲情对景述怀呢！

陈谷子、烂芝麻

如姐来了电话，她笑说："怎么，又写北平哪！陈谷子、烂芝麻全掏出来啦！连换洋取灯儿的都写呀！除了我，别人看吗？"

我漫写北平，是因为多么想念她，写一写我对那地方的情感，情感发泄在格子稿纸上，苦思的心情就会好些。它不是写要负责的考据或掌故，因此我敢"大胆地假设"。比如我说花汉冲在煤市街，就有细心的读者给了我"小心的求证"，他画了一张地图，红蓝分明地指示给我说，花汉冲是在煤市街隔一条街的珠宝市，并且画了花汉冲的左邻谦祥益布店，右邻九华金店。如姐，谁说没有读者呢？不过读者并不是欣赏我的小文，而是借此也勾起他们的乡思罢了！

很巧的，我向一位老先生请教一些北平的事情时，他回信来说："早知道这些陈谷子、烂芝麻是有用的话，那咱们多带几本这一类的图书，该是多么好呢？"

原来我所写的，数来数去，全是陈谷子、烂芝麻呀！但是我是多么喜欢这些呢！

陈谷子、烂芝麻，是北平人说话的形容语汇，比如闲话家常，提起早年旧事，最后总不免要说："唉！左不过是陈谷子、烂芝麻！"言其陈旧和琐碎。

真正北平味道的谈话，加入一些现成的形容语汇，非常合适和俏皮，这是北平话除了发音正确以外的一个特点，我最喜欢听。想象那形容的巧妙，真是可爱，这种形容语汇，很多是用"歇后语"说出来的，但是像"陈谷子、烂芝麻"便是直接的形容语，不用说歇后语的。

做事故意拖延迟滞，北平人用"蹭棱子"来形容，蹭是摩擦，棱是物之棱角。比如妈妈嘱咐孩子去做一件事，孩子不愿意去，却不明说，只是拖延，妈妈看出来了，就可以责备说："你倒是去不去？别在这儿尽跟我蹭棱子！"

或者做事痛快的某甲对某乙说："要去咱们就痛痛快快儿地去，我可不喜欢蹭棱子！"

听一个说话没有条理的人述说一件事的时候，他反复地说来说去时，便想起这句北平话：

"车轱辘话——来回地说。"

轱辘是车轮。那车轮压来压去，地上显出重复的痕迹，一个人说话翻来覆去，不正是那个样子吗？但是它也运用在形容一个人在某甲和某乙间说一件事，口气反复不明，如："您瞧，他跟您那么说，跟我可这么说！反正车轱辘话，来回说吧！"

负债很多的人，北平人喜欢这样形容："我该了一屁股两肋的债呀！"

我每逢听到这样形容时，便想象那人债务缠身的痛苦和他焦急的样子。一屁股两肋，不知会说俏皮话儿的北平人是怎么琢磨出来的，而为什么这样形容时，就会使人想到债务之多呢？

旧时三女子

我的曾祖母

一年前的冬日，我陪摄影家谢春德到头份去。他是为了完成《作家之旅》一书，来拍摄我的家乡。先去西河堂林家祖祠拍了一阵，便来到三婶家，那是我幼年三岁至五岁居住过的地方。

春德拍得兴起，婶母的老木床、院中的枯井、墙角的老瓮、厨房里的空瓶旧罐，都是他的拍摄对象，最后听说那座摇摇欲坠的木楼梯上面，是我们家庭供祖宗牌位的地方，他要上去，我们也就跟上去了。虽是个破旧的地方，但是整齐清洁地摆设着观音像、佛像、长明灯、鲜花、香炉等，墙上挂着我曾祖母、祖父母的画像和照片，以及这些年又不幸故去的三婶的儿子、媳妇和孙辈的照片。看见曾祖母的那张精致的大画像，祖丽问我："妈，那不就是你写过的，自己宰小狗吃的曾祖母吗?"

这样一问,大家都惊奇地望着我。就是连我家族的晚辈,也不太知道这回事。

如果我说,我的曾祖母嗜食狗肉,她在八十多岁时,还自己下手宰小狗吃,你一定会吃惊地问我,我的祖先是来自哪一个野蛮的省。我最初听说,何尝不吃惊呢!其实"狗是人类的好朋友"的说法,是很"现代"而"西方"的。我听我母亲说过,祖父生前有一年从广东蕉岭拜祭林氏祖祠归来,对正在"坐月子"的儿媳妇说:"你们是有福气的哟!一天一只麻油煮鸡酒,老家的乡下,是多么贫困,哪有鸡吃,不过是用猪油煮狗酒罢了!"

你听听!祖父说这话的口气,是不是认为人类对待动物的道德衡量,宰一条小狗跟杀一只鸡,并没有什么分别?甚至在那穷乡僻壤,吃鸡比吃狗还要奢侈呢!

自我懂事以来,已经听了很多次关于曾祖母宰小狗吃的故事。不过,随着年龄的增长,对于曾祖母宰小狗这回事,每一次都有更多的认识、了解和同情。

说这老故事最多的就是三婶和母亲。三婶还健康的时候,每次到台北,都会来和母亲闲谈家中老事。老妯娌俩虽然各使用彼此相通的母语——一客家、一闽南——又说、又笑、又感叹地说将起来,我在一旁听着,也不时插入问题,非常有趣。她们谈起我曾祖母——我叫她"阿太"——亲手宰烹小狗吃的故事，都还不由得龇牙咧嘴，一副不寒而栗的样子：就好像那是刚刚发生的事情，就好像我阿太还在后院的沟边蹲着，就好像还听得见那小狗在木桶里被开水浇得吱吱叫，那刺耳的声音使得她们都堵起耳朵、闭上眼睛跑开，就好像她们是多么不忍见阿太的残忍行为！

但是，我的曾祖母，并不是一个残忍的女人，她是一个最寂寞的女人。

我的曾祖父仕仲公，是前清的贡生。在九个兄弟中，他是出类拔萃的老五。为了好养活，他有个女性化的名字"阿五妹"，所以当时人都尊称他一声"阿五妹伯"。我的曾祖母钟氏，十四岁就来到林家做童养媳，然后被"送做堆"，嫁给我的曾祖父。但不幸她是个生理有缺陷的女人，一生无月信，不能生育，终生无所出。那么，"阿五妹"爱上了另一个美丽的女孩子罗氏，就是一件很自然的事情了。那个女孩子是人家的独生女儿，做父母的怎肯把独生女儿给"阿五妹"做妾呢？因为我的曾祖父当时有声望、有地位，又开着大染布坊，他们又是自己恋爱的，再加上我阿太的不能生育，美丽的独生女儿，还是做了我曾祖父的妾了。妾，果然很快地为"阿五妹伯"生了个大儿子，那就是我的亲祖父阿台先生。

我想，我的曾祖母的寂寞，该是从她失欢的岁月开始的。

阿台先生虽然是一脉单传，却也一枝独秀，果实累累，我的祖母徐氏爱妹，一口气儿生了五男五女，这样一来，造就了林家繁枝复叶的大家庭。那时候，曾祖父死了，美丽的妾不久也追随地下。阿台先生虽然只是个秀才，没有得到科举时代的任何名堂，但他才学高，后来又做了头份的区长（现在的镇长），事实上比他的父亲更有声望和地位。但是就在林家盛极一时的时候，我的曾祖母，竟带着她自己领养的童养媳，离开了这一大家人，住到山里去了。

并不是我的祖父没有尽到人子的责任，我的祖父是孝子，即使阿太不是他的亲母，他也不废晨昏定省之礼。或许这大家庭使阿太产生了"虽有满堂儿孙，谁是亲生骨肉"的寂寞感吧，她宁可远远地离开，去山上创一个属于她自己的天地。

在那种年代、那种环境、那种地位下，无论如何，阿台先生都有把母亲接回来奉养的必要，但是几次都被阿太拒绝了。请问，荣华和富贵，难道抵不过在山间那弯清冷的月光下打柴、埋锅、造饭的寒酸日子吗？请在我的曾祖母的身上找答案吧！

终于，在我曾祖母八十岁那年，寒冬腊月，一乘轿子，把她老人家从山窝里抬回来了。听说她的整寿生日很热闹，在那乡庄村镇，一次筵开二三百桌，即使是身为区长、受人崇敬的阿台先生家办事，也不是一件顶容易的事吧！而且，祖父还请画师给她画了这么一张像：头戴凤冠，身穿镶着兔皮边的补褂。外褂子上画的那块补子，竟是"鹤补"，一品夫人哪！我向无所不知的老盖仙夏元瑜兄打听，他说画像全这么画，总不能画一个乡下老太婆，要画就画高一点儿的。我笑说，那也画得高太多啦！

据我的母亲和三婶说，阿太很健康，虽然牙齿全没了，佝偻着腰，也不拄拐杖，出出进进总是一袭蓝衣黑裤。她不太理会家里的人，吃过饭，就举着旱烟管到邻家去闲坐，平日连衣服都自己洗，就知道她是个多么孤独和倔强的人了。

大家庭是几房孙媳妇妯娌轮流烧饭，他们都会为没有牙齿的阿太煮特别烂的饭菜。当她的独份饭菜烧好摆在桌上时，跟着一声高喊："阿太，来吃饭啊！"她便佝偻着腰，来到饭桌前了。我的母亲对这有很深的印象，她说当阿太独自端起了饭碗，筷子还没举起来，就先听见她幽幽的一声无奈的长叹！阿太难道还有什么不满足吗？

现在说到狗肉。

三婶最会炖狗腿，她说要用枸杞、柑皮、当归、番薯等与狗腿同煮，才可以去腥膻之气，但却忌用葱。狗肉则用麻油先炒了，用酒配料煮食，风味绝佳。三婶虽是狗肉烹调家，却从不吃狗肉，她是做子媳的，该做这些事就是了。不但三婶不吃狗肉，在这大家庭里，吃狗肉的人数也不多，三婶曾笑指着我的鼻子告诉我：

"家里虽然说吃狗肉的人数不算多，可也四代同堂呢！你阿太，你阿公，你阿姑，还有你！"

秋来正是吃狗肉进补的时候。其实，从旧历七月以后，家里就不断地收到亲友送来的羊头、羊腿、狗腿这种种的补品了，因为乡人都知道阿台先生嗜此。岂知他的老母、女儿、四岁的小孙女，也是同好呢！

不是和自己亲生儿子在一起，我想唯有吃狗肉的时候，阿太才能得到一点点快乐吧？因为这时所有怕狗肉的家人，都远远地躲开了！

据说有一年，有人送来一窝小肥狗给阿台先生。这回是活玩意儿，三婶再也没有勇气像杀母鸡一样地去宰这一窝小活狗了。阿太看看，没有人为她做这件事，便自己下手了，这就是我的曾祖母著名的自己下手宰狗吃的"残忍"的故事了。

记得有一次我又听母亲和三婶谈这件事的时候，不知哪儿来的一股不平之鸣，我说："如果照我祖父说的，煮鸡酒和煮狗酒没有什么两样的话，那么阿太宰一只狗和你们杀一只鸡也没有什么两样的呀！"

阿太高寿，她是在八十七八岁上故去的，我看见她，是在三岁到五岁的时候，直接的记忆等于零。但是，如果她地下有知的话，会觉得在一个甲子后的人间，竟获得她的一个曾孙女的了解和同情，并且形诸笔墨，该是不寂寞啊！

我的祖母

我的祖母徐氏爱妹的放大照片，就挂在曾祖母画像旁边的墙上。这张虽是老太太的照片，但也可以看出她的风韵，年轻时必定是个美人儿，她是凤眼形，薄薄的唇，直挺的鼻梁。她在照片上的这身衣着，虽是客家妇女的样式，但是和今日年轻女人穿的改良旗袍的领、襟都像呢！

我的祖父林台先生，号云阁，谱名鼎泉，他是林家九德公派下的九世孙。前面说过，他科举时代没有什么名堂，却是打二十一岁起就执教鞭，1916年到1920年，出任头份第三任区长，在纯朴的客家小镇上，是位令人尊敬的长者。在中港溪流域，是以文名享盛誉。他能诗文，擅拟对联，老年间的寿序、联匾，很多出于祖父之笔。我的祖母为林家生了五男五女，除了夭折一男一女外，其余都成家立业，所以在祖父享盛誉的时候，祖母自然也风光了半辈子。

我对祖母知道得并不多，年前玉美姑母到台北来，我笑对也已年近八十的玉美姑说："我要问你一些你母亲的事，你可得跟我说实话。"因为我常听婶母及母亲说，祖母很厉害，她把四个儿媳妇控制得严严的，但她自己却也是个勤俭干净利落的人。听说，我的曾祖母之所以很孤独地到山上去过日子，也和这个儿媳妇有些关系，因为当年的祖母，妻以夫贵，不免有时露出骄傲的神色来吧！而且我听三婶说，她的女儿秀凤自幼送人，也是婆婆的主意。我问玉美姑姑，玉美姑姑很有技巧地回答："你三婶身体不好嘛！带不了孩子，所以做主张把秀凤送人好了。"其实我又听说，是祖母希望三婶生儿子，所以叫她把女儿送人的。我又问姑姑："听说祖母很厉害？"姑姑说："她很能干。"能干和厉害有怎样的差别和程度，是怎么说都可以的。

但是在我的记忆中，祖母却是可爱的，幼年在家乡的记忆没有了，却记得在北平时，我还在读小学三年级的样子，祖父、祖母到北平来了。那时父亲、四叔——祖父的最大和最小的儿子全家都在北平，从遥远的台湾到"皇帝殿脚下"的北平来探亲和游历，又是日据时代，是一件不简单的事，我想那是祖母最最风光的时期了。他们返回台湾不久，四叔就因抗日在大连被日本人毒死狱中。四叔本是祖母最疼爱的儿子，四婶也因是自幼带的童养媳，所以也特别疼。过了两年，祖父独自到北平来，父亲已经因四叔的死，自己也吐血肺疾发。记得祖父住在西交民巷的南屋里，我常听到他的咳声，他似乎很寂寞地在看着《随园诗话》，上面都是他随手所记的批注。等到祖父回台湾，过不久，父亲也故去了。

这时祖父的四个儿子，先他而去了三个，祖父于1934年七十二岁时去世，死时只有一个三叔执幡送终。祖父死后的年月，不要说风光的日子没有了，祖母又遭遇到最后一个儿子三叔也病故的打击，至此满堂寡妇孤儿，是林家最不幸的时期。真是"屋漏偏逢连夜雨"，1936年时，台湾地震，最严重的就是竹南、头份一带。我们这一辈，最大的是堂兄阿烈，他又偏在南京工作，看报不知有多着急，那时家屋倒塌，大家都在空地上搭棚住，七十多岁的祖母也一样。后来阿烈哥返台，在一群孤儿寡妇中，他不得不挑起这大家族的许多责任。

阿烈哥说，幸好他考取了当时的放送局，薪水两倍于一般薪水阶级，负起奉养祖母的担子。他也曾把祖母接来台北居住就医过，可是她还是在八十岁上，在祖父死后第十年中风去世了。她死时更不如祖父，四个儿子都已先她而去，送终的只好是承重孙阿烈哥了。

而我们那时在北平，也是寡妇和孤儿，又和家乡断绝音信多年，详细的情形都不知道。只是祖母在我的印象中却是和蔼的、美丽的。

我的母亲

我的母亲是板桥镇上一个美丽、乖巧的女孩，她十五岁就嫁给比她大了十五岁的父亲，那是因为父亲在新埔、头份教过小学以后，有人邀他到板桥林本源做事，所以娶了我的母亲。

母亲是典型的中国三从四德的女性，她识字不多，但美丽且极聪明，脾气好，开朗，热心，与人无争，不抱怨，勤勉，整洁。这好像是我自己吹嘘母亲是优点说不尽的好女人，其实亲友中，也都会这样赞美她。

母亲嫁给父亲不久，父亲就带着母亲和母亲肚中的我到日本去，在大阪城生下了我。父亲是个典型的大男人，据说在日本，到酒馆林立的街坊，从黑夜饮到天明，一夜之间，喝遍一条街，够任性的了。但是他却有更多优点，他负责任地工作，努力求生存，热心助人，不吝金钱。我们每一个孩子，他管得虽严，却都疼爱。

在大阪的日子，母亲也津津乐道。她说当年她是个足不出户的异国少妇（在别人眼里，只是个十几岁的少女），偶然上街，也不过是随着背伏着小女婴的下女出去走走。像春天，傍着淀川，造币局一带，樱花盛开了，风景很美。母亲说，我们出门逛街，还得忍受身后边淘气的日本小鬼偶然喊过来的"清国奴"这样侮辱中国人的口号，因为母亲穿的是中国服装。

后来父亲要远离日本人占据的台湾，到北平去打天下，便先把母亲和三岁的我送回台湾。在客家村和板桥两地住了两年，才到北平去的。母亲以一个闽南语系的女人嫁给客家人，在当时是罕见的。母亲缠过足，个子又小，而客家女性大脚，劳动起来是有力有劲的。但是娇小的母亲在客家大家庭里仍能应付得很好，那是因为母亲乖，不多讲话。她说妯娌们轮流烧饭，她一样轮班，小小的个子，在乡间的大灶间，烧柴、举炊，她都得站在一个矮凳上才够得到，但她从不说苦。不说苦，也是女性的一种德行吧，我从未见母亲喊过苦，这样的德行在潜移默化中，也教给了我们姊弟做人的道理。像我，脾气虽然急躁，却极能耐苦，这一半是客家人的本性，一半也是得自母亲。

父亲去世前在北平的日子，是最幸福的，但自父亲去世（母亲才二十九岁），一直到我成年，我们从来都没有太感觉做孤儿的悲哀，是因为母亲，她事事依从我们，从不摆出一副苦相，真是所谓"在家从父，出嫁从夫，夫死从子"了。

我的母亲常说这样两句台湾谚语，她说："一斤肉不值四两葱，一斤儿不值四两夫。"意思是说，一斤肉的功用抵不过四两葱，一斤儿子抵不过四两丈夫。用有实质的重量来比喻人伦，实在是很有趣的象征手法。我母亲也常说另一句谚语："食夫香香，食子淡淡。"这是说，妻子吃丈夫赚来的，是天经地义，没有话说，所以吃得香；等到有一天要靠子女养活时，那味道到底淡些。这些话表现出我的母亲对一个男人——丈夫的爱情之深、之专。

现在已婚妇女，凑在一起总是要怨丈夫，我的母亲从来没有过。甚至于我们一起回忆父亲时，我如果说了父亲这样好那样好，母亲会很高兴地加入说；如果我们忽想起爸爸有些不好的地方，母亲就一声也不言语，她不好驳我们，却也不愿随着孩子回忆她的丈夫的缺点。

我的母亲十五岁结婚，二十九岁守寡，前年八十一岁去世。在讣闻里，我们细数了她的直系子、孙、媳、婿等四代四十多人，没有太保太妹，没有吃喝嫖赌不良嗜好的。母亲虽早年守寡，却有晚年之福。

在这妇女节日，写三位旧时女子——我的曾祖母、祖母、母亲，无他，只是想借此写一点中国女性生活的一面和她们不同的身世。但有一点是相同的，无论她们曾受了多少苦，享了多少福，都是活到八十岁以上的长寿者。

宋妈没有来

　　看了《城南旧事》那本书的读者，对我在里面所写的一个人物——宋妈都有较深刻的印象，并且也喜欢她，甚至有读者对我说：

　　"我家也有一个宋妈。"

　　更有一位朋友看完了书特意来告诉我：

　　"我们家的宋妈，现在还在我们家呢！"

　　说这些话的朋友，意思并不是指他们的宋妈和我家的宋妈姓氏相同，而是以"宋妈"代表了北方佣妇的一种典型，看到宋妈，就会想起他们的张妈、王妈、李妈……

　　我家的宋妈，其实也不姓宋，为了写小说，我给她换了一个姓，我们一直都是叫她"奶妈"，因为她是我弟弟的奶妈。她心疼我的弟弟，甚于我们的母亲。有一年，她从天津来，那时父亲已经过世，弟弟七岁。冬季弟弟有冻手冻耳朵的毛病，宋妈一看见弟弟的手，就拉到母亲的面前，指着红肿的手，不乐意地、带着责备的口气说：

"您看看，手冻得这样儿，也不说天天想着给烫烫热水！"

她那次是随着天津的主母来北平玩的，当然要来我家看看。谁知要走时，弟弟竟不放她，拉着她的衣服，哭得很伤心。宋妈也不忍心甩开弟弟走掉，便对母亲说，带弟弟到天津去玩几天好了。母亲说，你的主母怎么肯呢？宋妈认为她现在的主母和母亲都是朋友，何况宋妈去天津这家做事，也是母亲介绍的。宋妈便带着弟弟走了，但是过了一会儿，就送了回来，果然是宋妈带弟弟到了旅馆，向她的主母说明情形，她的主母就是不肯。

《城南旧事》全书的五篇中，倒有四篇里有宋妈，而且有一篇《驴打滚儿》是专门为宋妈写的，是说宋妈因为丈夫没出息，所以不肯随他回家去。后来自己子女都死了，丢了，她最后不得已还是骑着驴，跟着丈夫回老家去了。其实自从宋妈初来我家，到我们离开北平的二十几年间，她虽没有全部在我们家，可是一直没有断过联络，就是在北平最后的一年前，她还是在我家的，那时我生第三个孩子咪咪，写信把她从乡下叫到我的身边来。

在北平我们的家，小方院当中，有一棵大槐树，夏季正是一个天然的天棚覆盖全院。大的孩子在树荫下玩沙箱，宋妈抱着咪咪坐在临街的门槛儿上"卖呆儿"，我伏在书桌上，迎着树影婆娑的碧纱窗书写，只听见疾笔沙沙。寂静的下午，常常是在这种环境下度过。

　　宋妈的家乡是京北顺义县的牛郎山，她的丈夫常常骑着小驴来北平，我还是小孩子的时候，就熟悉他的这种交通工具。驴背上常常负着有烧酒、醉枣、挂落枣儿和各样豆子，都是带给主人的各种土产。不过这也是远年的事了，后来总是小毛驴只载着那位黄板儿牙和满身黄土泥的乡下佬，好像是牛郎山成了不毛之地，反而是每次宋妈要交给他更多的钱，因为乡下的生活日益艰苦。

　　再后来，宋妈的丈夫来，宋妈就突然向我辞工。她向我解释说：

　　　　也是因为家里没人看家，他常常得帮部队上山扛活儿去，家里就剩两个孩子。还有一样，现在像我们这样的算是穷人，一个人可以分五亩地。我不回家，怎么能有地分给我们呢？

　　每人五亩地！这对于宋妈是个美丽的风景，她在外面挣了一二十年，也挣不了五亩地呀！何况一家子这一下子就是二十亩呢！

　　我呢？除了感到再找人的困难以外，倒也替她高兴，因为她大儿大女都没有了，家里只有两个老生儿子，不久以前她还梦见儿子掉在河里，可见她离开家心是不安的，实在她是不应当再出来挣钱了。因此我就答应了她。

　　宋妈无论是到天津工作，还是回家乡生儿子，总有一两口大箱子留在我家，这是她年年挣下的家当。这一次她仍然没带回去，只是空身随了丈夫回去的。以前她不带回去，是因为怕没出息的丈夫把她苦挣的家当给败了。这一番却不同了，我明白，她既是以"穷人"的身份回去，当然不能衣锦还乡，越穷越好。

　　第二天天刚亮他们就动身了，照例的，她是在我睡房的窗外喊我一声："大小姐，我走了。"我起来关街门，望着他们的背影看不见才回来，院里槐树旁留着一大堆驴粪，心里不知想什么，站在院里发愣，打了一个喷嚏，才觉得身上冷。这正是北平中秋节过的枣核儿天儿——早晚儿凉！

　　过了三个月的一天晚上，外面冷风刺骨，刮着西北风，我们躲在房里煮热汤面吃。这时外面叫门，等一会儿，房门推开来，一个人进来了。

　　"啊！是宋妈！"

　　但是她的憔悴的样子吓住我了，这是想不到的事，只有三个月，宋妈好像老了十年。她进来，带来了一股凉气，我赶忙说：

　　"宋妈，快来吃汤面，暖和暖和。"

　　"你们吃面呀！大小姐，我煮点儿饭吃吧，我三个月没吃米饭啦！就是想碗饭吃！

　　宋妈边吃饭，边告诉我她回家这三个月的苦不堪言的生活，每天晚上要逃到田地里去睡，太辛苦了，所以老得成了这样子。

"为什么非要到地里去睡呢?"我问。

"晚上'国军'常常来,大家都得逃到地里睡觉。"

"你们不是解放了吗? 怎么还有'国军'?"

"不是处处都解放呀! 这个村子解放,那个村子也许没解放。没解放那头儿的'国军',到了晚上打过来!"

这种冬腊三九天,每天要在旷野里度夜,和我们坐在温暖的屋里相比,真不啻是天壤之别,无怪她要老了十年。我问她这一趟是干什么来了,她说要在她存在我这里的箱子里拿两件棉衣服穿。同时人家托买些东西。

看她盛到第三碗饭,我忽然想起来了:

"宋妈,你们一个人的五亩地呢?"

她很痛苦地说:

"地? 地有的是,就怕没人种,有钱的逃光了,年轻的逃光了,剩下有用的忙着帮部队做事,谁还有工夫种地呢?"

"有钱人的东西你们不是也可以分吗?"我听说乡下是这样的。

"我们分是分了,有桌子、柜子,可是用不着,也没处摆呀! 放在院子里,风吹日晒全散了,我们就劈了劈全当柴火烧了!"

她又盛第四碗饭吃,并且说:"大小姐,你跟大姑爷要是能给孩子他爹找事,我们就打算全家出来。"

"怎么来呀?"吓了我一跳。

"家里扔下全不要了，光身出来——这日子实在太苦了。"

我没有说话，看她盛第五碗饭吃。

全家光身逃出来，在这物价直线上升的时候，我实在没有勇气担保下来。

第二天，她怅然地走了，向我要走了家中所有的火柴、食盐、棉线、煤油、香油、擦脸油、白糖……都是乡下买不到的。她是在沙漠里生活吗？

这一走，我再没有机会见到宋妈。转过年的十月底，我们就离开北平了，宋妈的衣箱存在三妹家。来到台湾后，接到三妹的信，她信上说：

> ……我离开北平以前，曾写信叫宋妈来给我拆洗被褥，她知道你们回台湾了，说她早知道的话，一定会跟了你去……

宋妈没有来，她来了会很习惯的，她因为在我家多年，又在天津的那人家，所以可以全部听懂闽南话，并且能说一些。然而即使宋妈来了，难道我就能不想念什么了吗？

三妹自北平到上海后曾来过一信，以后也杳无消息。我很怕想起三妹，也怕想起宋妈以及任何在遥远北方的我的亲友，我所度过的许多黄沙蔽日，或者一览晴空的日子，因此不要再写下去了吧！

念远方的沉樱

　　回想我和沉樱女士的结识，是在1956年的夏天，我随母亲带着三岁的女儿阿葳，到老家头份去参加堂弟的婚礼。上午新妇娶进门，下午有一段空时间，我便要求我的堂的、表的兄弟姊妹们，看有谁愿意陪我到斗焕坪去一趟。我是想做个不速客，去拜访在大成中学教书的陈（沉樱）老师，不知她是否在校。大家一听全都愿意陪我去，因为大成中学是头份著名的私立中学，陈老师又是那儿著名的老师，吾家子弟也有多人在该校读书的。于是我们一群就浩浩荡荡地来到了大成中学。

　　到学校问陈老师住家何处，校方指说，就在学校对面的一排宿舍中。我们出了校门正好遇见一个小男生，便问他可知道陈老师的住家，并请他带领我们前往。这个男孩点点头，一路神秘不语地微笑着带我们前往（我至今还清晰地记得他那神秘的笑容）。到了这座日式房子，见到沉樱，她惊讶而高兴地迎进我们这群不速客，原来带我们的正是她的儿子梁思明。

　　大热的天，她流着汗（对她初次印象就是不断擦汗），一边切西瓜给大家吃，一边跟我谈话。虽是初见，却不陌生：写作的人一向如此，因为在文字上大家早就彼此相见了。尤其是沉樱，她是20世纪30年代的作家，是我们的前辈，我在学生时代就知道并读过她的作品了。

1956年开始交往，至今整整三十年了。三十年来，我们交往密切，虽然叫她一声"陈先生"，却是谈得来的文友。她和另外几位"写沉樱"的文友也一样：比如她和刘枋是山东老乡，谈乡情、吃馒头，她和张秀亚谈西洋文学，和琦君谈中国文学，和罗兰谈人生，和司马秀媛赏花、做手工、谈日本文学。和我的关系又更是不同，她所认为的第二故乡头份，正是我的老家，她在那儿盖了三间小屋，地主张汉文先生又是先父青年时代在头份公学校教的启蒙学生。我们大家聚在一起的时候，话题甚多，谈写作、谈翻译、谈文坛、谈嗜好、谈趣事，彼此交换报告欣赏到的好文章，快乐无比！到了吃饭的时候，谁也舍不得走，不管在谁家，就大家胡乱弄些吃的——常常是刘枋跑出去到附近买馒头卤菜什么的。

这样的快乐，正如沉樱的名言——她常说："我不是那种找大快乐的人，因为太难了，我只要寻求一些小的快乐。"

这样小快乐的欢聚的日子也不少，是当她在1957年应聘到台北一女中教书的十年里，以及她在一女中退休后，写译丰富、出版旺盛的一段时日里。

如今呢？她独自躺在马里兰州离儿子家不远的一家老人疗

养院（nursing house）里，精神和体力日日衰退。手抖不能
写，原是数年前就有的现象，到近两年，视力也模糊了，脑子
也不清楚了。本来琦君在美国还跟她时通电话，行动虽不便，
电话中的声音还很清晰，但是近来却越来越不行了。今春二月
思明来信还说：妈妈知道阿姨们要写散文祝贺她八十岁生日，
非常高兴。我向思薇、思明姊弟要照片——最重要的是要他们
妈妈和爸爸梁宗岱（去年在大陆逝世）的照片，以配合我们文
章的刊出，沉樱还对儿女们催促并嘱咐："赶快找出来挂号寄
去！"思明寄照片同时来信说："妈的身体很好，只是糊涂，
眼看不清楚，手不能写是最难过的事，我也只有尽量顺着她，
让她晚年平静地过去。"据说这家疗养院护理照顾得很好，定
期检查，据医院说，沉樱身体无大病，只是人老化了，处处
退步。

　　我们知道沉樱眼既不能视，便打算每人把自己的写作录音
下来，寄去放给她听也好吧！但是思薇最近来信却说："……
希望阿姨们的文章刊出录音后，妈妈还能'体会'，她是越来
越糊涂了，只偶尔说几句明白话。每次见着她，倒总是一脸祥
和，微笑着环视周遭，希望她内心也像外表一样平静就让人安
心了……"琦君最近也来信说："稿子刊出沉樱也不能看了，
念给她听也听不懂了，只是老友一点心意，思之令人伤心！"

　　频频传来的都是这样的消息，怎能想象出沉樱如今的这种
病情呢?!

1907 年出生的沉樱，按足岁算是七十九岁，但以中国的虚岁算，应该是八十整寿了。无论怎么说，是位高寿者。而她的写作龄也有一甲子六十年了。沉樱开始写作才二十岁出头，那时她是复旦大学的学生。她写的都是短篇小说，颇引起当时大作家的注意，但是她自己却不喜欢那时代的写作，在台湾绝少提起。她曾写信给朋友说，她"深悔少作"，因为那些作品都是幼稚的、模仿的，只能算是历史资料而已。她认为她在五十岁以后的作品才能算数，那也就是在台湾以后的作品了。

可是她在台湾的几十年，翻译比创作多多，创作中绝无小说，多是散文。她的文字轻松活泼，顺乎自然，绝不矫揉造作。她的翻译倒是小说居多。她对于选择作家作品很认真，一定要她喜欢的才翻译。当然翻译的文字和创作一样顺当，所以每译一书皆成畅销。最让人难忘的当然是茨威格的《一位陌生女子的来信》，出版以后不断再版。引起她翻译的大兴趣，约在 1967、1968 年间，她竟在教书之余，一口气翻译、出版了九种书，那时她也正从一女中退休，很有意办个翻译出版社，在翻译的园地上耕耘吧！

说起她的翻译，应当说是很受梁宗岱的影响。1935 年，她和梁宗岱在天津结婚，他们是彼此倾慕对方的才华而结合的。尤其是文采横溢的梁宗岱，无论在写诗、翻译的认真上，都使沉樱佩服，她日后在翻译上，对文字的运用、作品的选择，就是受了梁宗岱的影响。但是在他们婚后的十年间，沉樱的译作却是一片空白，因为连续生了三个孩子，又赶上抗日战争。但是没有想到抗日战争胜利后，她和梁宗岱的夫妻之情再也不能维持下去，因为梁宗岱对她不忠，又和一个广东女伶结合。她的个性强，便一怒而携三稚龄子女随母亲、弟弟、妹妹来台湾，一下子住进了我的家乡头份，在山村斗焕坪的大成中学一教七年才到台北来。她并没有和梁宗岱离婚，在名义上她仍是梁太太，而梁宗岱的妹妹在台湾，她们也一直是很要好的姑嫂。

记得有一年她正出版多种翻译小说时，忽然拿出一本梁宗岱的译诗《一切的峰顶》来，说是预备重印刊行，我当时曾想梁宗岱有很多译著，为什么单单拿出这本译诗来呢？不久前，一篇写去年去世的梁宗岱的资料说，梁于1934年在日本燕山完成《一切的峰顶》的译作，而这时沉樱也正游学日本，和梁同游，所以完成这部译作时，沉樱随在身边。这对沉樱来说，是个回忆和纪念的情意，怪不得她要特别重印这本书呢！也可见她对梁的感情并没有完全消失。她的子女也说，母亲对父亲是既爱又恨！也怪不得这次我向她子女索取一定要有爸妈合照的照片时，她催着子女一定要挂号赶快给我寄来。如果不是海天相隔梁宗岱已故去的话，今年也是他们的金婚纪念呢！

在我收到的一批照片中，有几张是1935年二十四岁的马思聪、王慕理夫妇第一次到北平开演奏会，住在沉樱家一个月时合拍的。沉樱想到1935年时和故友同游的情景，如今她形单影只，怎能不有"座中泣下谁最多，江州司马青衫湿"的心情呢！

头份如今是个有七万人口的镇，斗焕坪是头份镇外的山村，经过这儿是通往狮头山的路。沉樱把这里当作她的"有家归不得"的精神的老家。她退休后在这儿盖了三间小屋。她所以喜欢这儿，不只是为了她在这儿住了七年的感情，不只是果园的自然风景和友情，而是一次女儿思薇来信说到曾做梦回台湾时，加注了一句："不知为什么每次做这种梦，总是从前在乡下的情景。"就是指的斗焕坪。于是她才决定在那山村中，盖了三间小屋，使孩子们有了个精神的老家，她也跟着有了第二故乡。

她在台北居住忙于翻译出书时，总还会想着回到木屋去过几天清悠的日子，那是她这一生文学生活最快乐的时期，所以她说："我对生活真是越来越热爱，我在这个世界还有许多事没做呢！"

沉樱退休赴美定居后，时时两地跑，倒也很开心。1981年是沉樱回台湾距今最近的一次。1983年身体才变化大，衰弱下来。今后恐怕她不容易再有回台湾她的第二故乡的机会了，我们只希望她听了我们每人的录音，真能"体会"到和我们欢聚的那些美好的日子。

一位乡下老师

　　从台北坐纵贯线火车南下，到了新竹县境的竹北站下车，再转乘新竹客运，十分钟就到了新竹北部的新埔镇。新埔不是一个大镇。

　　新埔在天然物产上，说实话，并不是一个有什么大进展的地方，但是工业时代的来临，这小镇却也没有被冲击得乌烟瘴气。如果你走进新埔市区，所看见的多是古老的厝屋，看不见什么大工厂在冒烟儿，因此，她虽有些落在工业时代的后面，却免去了空气污染之害，如今新埔人骄傲的是此地成了一个长寿村，八九十岁的健康老人多得是！

　　新埔有一所最老的小学，就是当年的新埔公学校，今天的新埔小学，1898 年创校至今，不但是新埔最老的小学，也是新竹县内最老的小学，更是全台湾省最老的小学之一。

　　当年创校时的新埔公学校，只有六间平房教室。校门外是一层层台阶，进了校门，就只有一排四间教室，向右手走，还有两间，如此而已。哪里像今天的新埔小学，又是高楼，又是

147

大图书馆,又是电动钟塔呢!图书馆和钟塔都是老校友捐的。

就拿独资捐图书馆的老校友蔡赖钦先生说吧,他虽住在台北做着吉他乐器的制造,但还是时时往他的家乡新埔跑,看看家乡需要什么,呼吸那没有被污染的空气,会会老同学,谈谈当年的小学生活。当他们徘徊在母校的高楼下,看他们故乡的第三代儿童们,活泼健康地追逐嬉戏于阳光普照的校园中,或者听孩子们的琅琅读书声,抚今追昔,会勾引起很多回忆的话题的。

1908年的春天,新埔公学校来了一位年轻的老师林焕文先生,才二十岁,刚从台湾总督府"国语学校"的师范部毕业。他的履历书上写的户籍是"新竹厅竹南一堡头份庄",不知怎么被分发到新埔教书了。这位年轻的老师,不但精通汉文、日文,也写得一笔好字,而他的外表,更是英俊潇洒;他瘦高的个子,英挺焕发,眼睛凹深而明亮,两颧略高,鼻梁笔直,是个典型的客家男儿。他单身来到新埔,就住在万善祠前面学校的宿舍里,平日难得回头份他的老家去。

焕文先生英俊的外表和亲切的教学,一开始就吸引了全班的乡下孩子们。他们都记得他上课时清晰的讲解和亲切的语调。他从不严词厉色对待学生。他身上经常穿的是一套硬领子、前面一排五个扣子的洋服,洋服熨得那么平整,配上他挺拔的身材,潇洒极了。按现在年轻人的口气来说,就是:"帅!"其实那时是1908年,还是清朝末年,离开他剪掉辫子，也还没多久呢！

　　焕文先生在新埔的生活，倒也不寂寞，除了上课教学，下了课就在自己的宿舍里读书习字。他虽然是出身于日本殖民统治时期的"国语学校"，但是老底子还是汉学，他在履历表上不是写的入塾"储珍书室""四书修业"吗？在他的读书生活里，写字是他的一项爱好；他写字的时候，专心致志，一笔一画，一勾一撇，都显得那么有力量，那么兴趣浓厚，以至于他的鼻孔，便常常不由得跟着他的笔画，一张一翕的，他也不自觉。

　　班上有一个来自更偏僻乡间的学生，因为读书较晚，十一岁了，才是公学校的一年级生。十一岁的吴浊流，常常在下课后还站在老师的书桌前，看老师龙飞凤舞地挥毫。日子多了，帮着老师拉拉纸、研研墨，他就高兴得什么似的，觉得自己已经从老师那儿熏染点儿什么了。

　　有一天老师忽然对他说：

　　"你如果喜欢我的字，我也写一幅给你，留个纪念吧。"

　　吴浊流听了，受宠若惊，只管点头，一时不知怎么回答才好。焕文先生写了一幅《滕王阁序》给他。这幅字，他珍藏了多年，第二次世界大战时，他的珍藏和他所写的一部血泪著作的原稿，便随着他东藏西躲的。幸好这部描写台湾人在日本殖民统治下生活的小说《亚细亚的孤儿》，和它的主人吴浊流先生都藏得安全，躲过了日本人的搜寻网，于台湾光复的同时，得见天日，但是《滕王阁序》却不知在什么时候遗失了。

　　焕文先生的字在镇上出了名，所以也常常有人来求字。镇上的宏安药店里，早年那些装药的屉柜上刻的汉药名，就是由老师写的。这家汉药店主人的后代习西医，所以原来汉药部分已不存在了，但却还存着些木屉上的刻字呢！

　　焕文先生有一个堂房姐姐，人称阿银妹的，就嫁到新埔的宏安药店，阿银妹不但生得美丽，性格也温柔，她十分疼爱这位离乡背井来新埔教书的堂弟。她不能让堂弟整天教书，还要自己洗熨衣服、煮饭，这是没有必要的。所以如果堂弟没有到她家去吃饭，她就会差人送了饭菜来，饭菜是装在瓷制饭盒里，打开来尽是些精致的菜。焕文先生一辈子就是爱吃点儿可口的菜。

　　他也时常到阿银妹家去吃饭，班上那个最小最淘气的蔡赖钦，家和阿银妹住得不远，所以他常常和老师一道回去。如果老师先吃好，就会顺路来叫他，领着他一路到学校去。如果他先吃好，也会赶快抹抹嘴跑到阿银妹家去找老师。老师不是胖子，没有绵软软的手，但是他记得，当年他的八岁的小手，被握在老师的大巴掌里，是感到怎样的安全、快乐和亲切。如今蔡赖钦是八岁的十倍，快八十岁喽！我们应当称呼他蔡老先生了！蔡老先生现在是乐器制造业的老板，他仍是那么精力充沛，富有朝气，活泼不减当年，说起他的老师和童年的生活，他就会回到清清楚楚的八岁的日子去。

　　蔡老先生记得很清楚，关于新埔公学校校匾的那回事。学校该换新校匾了，按说当时学校有一位教汉学的秀才，不正该是他写才对吗？可是蔡老先生骄傲地说，结果还是由年轻的林老师来写了，可见得老师的字是多好啊！

　　当蔡老先生说着这些的时候，虽然是那么兴奋，但也免不了叹息地说：

　　"日子过得太快、太快，林小姐，你的父亲是哪年去世的?"

　　哎呀！写到现在，我还没有告诉读者，那个年轻、英俊、教学认真、待人亲切的林焕文先生，就是我的父亲啊！

　　我的父亲在新埔教了两年书，就离开了新埔，转回他的家乡头份去教书了。

　　离开新埔不难，但离开和他相处两年的孩子们，就不容易了，所以当他把要离开的消息告诉同学们时，全班几十个乡下孩子，就全都大大地张开了嘴巴，哭了起来，我的父亲也哭了。

　　关于我父亲在新埔小学教书的这两年情形，我是不会知道的，因为那时没有我，我还没有出生，甚至也没有我母亲，因为我母亲那时还没有嫁给我父亲；我母亲是在那时的六年以后嫁给我父亲的，而我是在那时的八年以后出生的。有关父亲的一切，差不多全是吴浊流和蔡赖钦两位先生常跟我提及的。

　　那个拉纸研墨的吴浊流先生，后来也成了作家，并且创办

《台湾文艺》杂志，他人虽已去世，《台湾文艺》却还发行着。他在《无花果》一书中，曾写了父亲的一段：

> ……对一年级级任林老师，是打心里尊敬着的，林老师走后，对每一位老师都不能心服。林老师是"国语学校"出身的，并且是书法家，午间休息的时候，时常在写字。这时候我总是在老师的旁边，为他做研墨、拉纸的工作，所以特别被疼爱。老师只教了我们一年，第二年就回他的故乡去了。和老师分别的时候，不仅是我，全班学生都在教室里嘤嘤地哭泣。老师也感于学生的情，陪着哭泣的场面，在过了五十多年的现在，还鲜明地留在我的脑海……

吴浊流先生在创办《台湾文艺》的时候，不住地跟我说："是做了你爸爸的学生，才有这样的傻劲啊！"

蔡赖钦先生独资捐盖新埔小学图书馆的时候，也告诉我："是作为你爸爸的一个学生，才这样做的啊！"

我的父亲离开新埔，就没得机会再回去，因为他回头份教了书后，又转到板桥工作，然后娶了我的母亲，同到日本，三年后到北平去，就在四十四岁的英年上，在北平去世了，多么令人想念啊！

蔡老先生听我告诉他，不住地摇头叹息，他自十岁以后，就没再见到我父亲，别的学生也差不多一样，但是他们都能记忆，父亲在那短短的两年里，在他们幼小的心灵中，是种下了怎样深切的师生之情。许许多多世事都流水般过去了，了无痕迹了，一位乡下老师的两年的感情，却是这样恒久，没有被年月冲掉。

感 悟

春

　　有一位老婆婆，年年的除夕要我给她做一件事，她拿来一叠红纸和笔砚要我写"春"。裁成不同大小形状的红纸上，我用蘸饱了墨汁的羊毫笔，竟也痛快淋漓地挥毫一番。每次当我写下那"福"字、"春"字的时候，心里不免想到，如果不是因为还有个守着旧习惯的老婆婆的话，像我这一代的人，在目前的这种生活下，怎能有机会练练毛笔字呢！我的毛笔字虽有如春蚓秋蛇，但我还是很高兴写，它使我温习了旧的年月。

　　但是去年我给老婆婆拜年时，忽然想起了我似乎还有件什么事没有做，以为是老婆婆忘了呢，便问她说：

　　"伯母，你今年忘了叫我写'春'了啊！"

　　她拍拍我的肩笑说："我叫我家阿文写了！以后就可以不麻烦你了，真多谢你啊！"

　　我不由得惊奇地叫起来："阿文会写？"

　　老婆婆说："阿文进学校了呀，他会写字了呀！喏，你来看。"

　　果然，在厨房的灶台上，在饭厅的墙柱上，在卧室的门板上，各处都贴了那充满着稚气字体的红纸，老婆婆的眼睛从去年就不太好了，所以贴也贴得歪歪斜斜的，但那却是包含了多么深切的意义啊！

　　阿文去年是七岁，刚进小学，今年就是八岁了，老祖母守着这个孙子过活，因为阿文的父亲死了，母亲常年住在娘家。可以说，老婆婆对于第二代的希望已经没有了，她的精神是依赖在第三代的阿文身上的。我常替她难过，想着这中间空落下的一段距离，怎么衔接得上呢？但是老婆婆并不气馁，她只是那样稳稳当当地活着。祖孙俩没事闲谈时，我常听阿文对祖母说，长大了要如何如何的话，祖母也都满口答应下来，就仿佛一向寄望于儿子的一切，都会在孙子的身上实现。

　　老婆婆的人生观，无形中给了我很大的启示，我想他们是生活在冬日里，却毫无怀疑地等待春日一天天接近，可不是，当阿文写下了第一个"春"字时，那不是已经接近了一步吗？

　　春天与希望是常被人相提并论的，但是我觉得应当再加上儿童——儿童、春天、希望，才是一个完整的人生。我年底整理信箧，翻出旧信来看时，发现一封发黄的信，是某年师母寄给我的，那年我曾向她发了些牢骚，她立刻回信安慰我说：

　　　　经过这几次的变乱，不但你已不是小孩子，而我更
　　是垂垂欲老。完完全全的快乐，是不容易得到的，夫妻之

间亦只有互谅互助，如果常去观察分析，不免自寻苦恼，何况我们都有我们神圣的职务——保护和教养我们的下一代。如果我们能看见我们一生所希望所愿意做的事，他们能达到，能完成，该是多么快乐的事？时间是那样的无情啊！

人生是有限的，希望却无穷，唯有儿童的地方，才有无限的希望。代代相沿，这是一份活的财产。我们也许生活得并不如意，也许常觉得个人的夙愿完全绝望，这世界是多么悲惨，但是看见孩子们天真烂漫的心智与笑容，便敢相信我们的世界仍有前途，仍有美的境界在。

今年我当然还是没有希望给老婆婆写春了，但是那春的意义却未失去，新年试笔，只觉春意盎然。

灯

　　我们在劳人草草的生活中，的确把"友谊"这件事耽误了许多。平日因为公私两忙而无暇顾及友情之乐，可是偶然碰上清闲的夜晚，又会感到一种"暴风雨前的平静"的寂寞，希望这时闯进两位"不速之客"来，做长夜之谈。

　　施耐庵说："吾友来，亦不便饮酒；欲饮则饮，欲止先止，各随其心，不以酒为乐，以谈为乐也。吾友谈不及朝廷，非但安分，亦以路遥，传闻为多。传闻之言无实，无实即唐丧唾津矣。亦不及人过失者，天下之人本无过失，不应吾诋诬之也。所发之言，不求惊人，人亦不惊，未尝不欲人解，而人卒亦不能解者。事在性情之际，世人多忙，未曾常闻也。"这是在承平之世的"道德的谈话"，所以有那么多的限制，在今天看来，未免与"言论自由"有所抵触。

　　林语堂先生在一篇《谈友谊》的文章里说过："谈话的适当格调，也就是亲切浪漫不经心的格调，这种谈话的参加者已经失掉了他们的自觉，完全忘掉他们穿什么衣服，怎样说话，怎样打喷嚏，把双手放在什么地方，并且也不注意谈话的趋向如何。谈话应是遇见知己，开敞胸怀，一个人两脚高置桌上，一个人坐在窗槛上，又一个坐在地上，由沙发上拿去一个垫子做坐垫，却使三分之一的沙发空着。因为只有当你手足松弛着，身体位置很舒服的时候，你的心灵才能够轻松闲适。到这时候便'对面只有知心友，两旁俱无碍目人'。"夜谈之乐，大抵在此。

这种种友情之乐的境界，我们完全明了而且乐于享受。只是在世人多忙的今日，碰上赶写稿子的夜晚，如有"不速之客"的闯入，也许会使主客局促不安。客人会进退维谷，后悔他今晚剩余的时间分配得不恰当。主人也有留客既难，逐客更不像话的感觉。

某年曾在洋杂志上读过一篇《寂寞的蓝灯》的小文，作者意思是说，他提倡每个家庭的门前装上一盏蓝色的小灯，如果这个家庭在寂寞的夜晚欢迎"不速之客"来聊天、打牌的话，就把小蓝灯亮起来，好像一个"呼救"的信号，他的寂寞的朋友散步经过门前，看见了灯，就可以登门拜访。反之，如果这盏灯不亮，就证明主人今夜无暇，不必去打搅，可以再到别处去找灯光。

这种主张很新颖，假定台北市家家门前有这样一盏灯，不晓得每天晚上有多少盏在亮着？是晴天多呢，还是雨天多？是冬天多呢，还是夏天多？这准是一个很有趣味的统计。

虎坊桥

　　常常想起虎坊大街上的那个老乞丐，也常想总有一天把他写进我的小说里。他很脏、很胖。脏，是当然的，可是胖子做了乞丐，却是在他以前和以后，我都没有见过的事；觉得和他的身份很不相称，所以才有了不可磨灭的印象吧！常常在冬天的早上看见他，穿着空心大棉袄坐在我家的门前，晒着早晨的太阳在拿虱子。他的唾沫比我们多一样用处，食指放在舌头上舔一舔，沾了唾沫然后再去沾身上的虱子，把虱子夹在两个大拇指的指甲盖儿上挤一下，"哒"的一声，虱子被挤破了。然后再沾唾沫，再拿虱子。听说虱子都长了尾巴了，好不恶心！

　　他的身旁放着一个没有盖子的砂锅，盛着乞讨来的残羹冷饭。不，饭是放在另一个地方，他还有一个黑脏油亮的布口袋，干的东西像饭、馒头、饺子皮什么的，都装进口袋里。他抱着一砂锅的剩汤水，仰起头来连扒带喝的，就全吃下了肚。我每看见他在吃东西，就往家里跑，我实在想呕吐了。

　　对了，他还有一个口袋。那里面装的是什么？是白花花的

161

大洋钱！他拿好了虱子，吃饱了剩饭，抱着砂锅要走了，一站起身来，破棉裤腰里系着的这个口袋，往下一坠，洋钱在里面打滚儿的声音叮当响。我好奇怪，拉着宋妈的衣襟，指着那发响的口袋问：

"宋妈，他还有好多洋钱，哪儿来的？"

"哼，你以为是偷来的、抢来的吗？人家自个儿攒的。"

"自个儿攒的？你说过，要饭的人当初都是有钱的多，好吃懒做才把家当花光了，只好要饭吃。"

"是呀！可是要了饭就知道学好了，知道攒钱啦！"宋妈摆出凡事皆懂的样子回答我。

"既然是学好，为什么他不肯洗脸洗澡，拿大洋钱去做套新棉袄穿哪？"

宋妈没回答我，我还要问：

"他也还是不肯做事呀？"

"没听说吗？要了三年饭，给皇上都不做。"

他虽然不肯做皇上，我想起来了，他倒也在那出大殡的行列里打执事赚钱呢！烂棉袄上面套着白丧褂子，从丧家走到墓地，不知道有多少里路，他又胖又老，还举着旗呀伞呀的。而且，最要紧的是他腰里还挂着一袋子洋钱哪！这一身披挂，走那么远的路，是多么吃力呢！这就是他荡光了家产又从头学好的缘故吗？我不懂，便要发问，大人们好像也不能答复得使我满意，我便要在心里琢磨了。

家住在虎坊桥，这是一条多姿多彩的大街，每天从早到晚所看见的事事物物，使得我常常琢磨的人物和事情可太多了。我的心灵，在那小小的年纪里，便充满了对人世间现实生活的怀疑、同情、感慨、兴趣……种种的情绪。

如果说我后来在写作上有怎样的方向时，是幼年在虎坊桥居住的几年，给了我最初的对现实人生的观察和体验也说不定吧！

没有一条街包含了人生世相的这么多方面。在我幼年居住在那里的几年中，是正值北伐前后的年代。有一天下午，照例的，我们姊妹们洗了澡换了干净的衣服，便跟着宋妈在大门口上看热闹了。这时来了两个日本人，一个人拿着照相匣子，另一个拿着两面小旗，是青天白日旗，红黄蓝白黑五色旗刚刚成了过去①。小日本儿会说中国话，拿旗子的走过来笑眯眯地对我说：

"小妹妹的照相的好不好？"

我不知道这是怎样一回事，和妹妹向后退缩，他又说：

"不要紧，照了相我要大大的送给你。"然后他看着我家的门牌号数，嘴里念念有词。

我看看宋妈，宋妈说话了：

① 五色旗是中华民国建国之初北洋政府的国旗，旗面按顺序为红、黄、蓝、白、黑五色横条，分别代表汉、满、蒙、回、藏五族共和，国民党北伐成功后，被青天白日旗所取代。

"您这二位先生是——?"

"噢,我们的是日本的报馆的,不要紧,我们大大的照了相。"

大概看那两个人没有恶意的样子,宋妈便对我和妹妹说:

"要给你们照就照吧!"

于是我和妹妹每人手上举着一面青天白日旗,站在门前照了一张相,当时也不知道究竟是为什么要这样照。等到爸爸回家时告诉了他,他不但没有生气。反而玩笑着说:

"不好喽,让人照了相寄到日本去,说不定是做什么用呢,怎么办?"

爸爸虽然玩笑着说,我的心里却是很害怕,担忧着。直到有一天,爸爸拿回来一本画报,里面全是日本字,翻开来有一页里面,我和妹妹举着旗子的照片,赫然在焉!爸爸讲给我们听,那上面说,中国街头上的儿童都举着他们的新旗子。这是一本日本人印行的记我国北伐成功经过的画册。

对于北伐这件事,小小年纪的我,本是什么也不懂的,但是就因为住在虎坊桥这个地方,竟也无意中在脑子里印下了时代不同的感觉。北伐成功的前夕,好像曾有那么一阵紧张的日子,黄昏的虎坊桥大街上,忽然骚动起来了,听说在逮学生,而好客的爸爸,也常把家里多余的房子借给年轻的学生住,像"德先叔叔"(《城南旧事》小说里的人物)什么的,一定和那个将要迎接来的新时代有什么关系,他为了风声的关系,便在我家有了时隐时现的情形。

虎坊桥在北洋政府时代，是一条通往最繁华区的街道，无论到前门，到城南游艺园，到八大胡同，到天桥……都要经过这里。因此，很晚很晚，这里也还是不断车马行人的。早上它也热闹，尤其到了要"出红差"的日子，老早，街上就有拥到各处来看"热闹"的人。出红差就是要把犯人押到天桥那一带去枪毙，枪毙人怎么能叫作看热闹呢？但是那时人们确是把这件事当作"热闹"来看的。他们跟在载犯人的车后面，和车上的犯人互相呼应地叫喊着，不像是要去送死，却像是一群朋友欢送的行列。他们没有悲悯这个将死的壮汉，反而是犯人喊一声："过了十八年又是一条好汉！"群众便喊一声："好！"就像是舞台上的演员唱一句，下面喊一声好一样。每逢早上街上拥来了人群，我们便知道有什么事了，好奇的心理也鼓动着我，躲在门洞的石墩上张望着。碰到这时候，母亲要极力地不使我们去看这种"热闹"，但是一年到头常常有，无论如何，我是看过不少了，心里也存下了许多对人与人间的疑问：为什么临死的人了，还能喊那些话？为什么大家要给他喊好？人群中有他的亲友吗？他们也喊好吗？

同样的情形，大的出丧，这里也几乎是必经的街道，因为有钱有势的人家死了人大出殡，是所谓"死后哀荣"，所以必须选择一些大街来绕行，作一次最后的煊赫！沿街的商店有的在马路沿上摆上了祭桌，披麻戴孝的孝子步行到这里，叩个头道个谢，便使这家商店感到无上的光荣似的。而看出大殡的群众，并无哀悼的意思，也是抱着看热闹的心情，流露出对死后有这样哀荣，有无限的羡慕的意思在。而在那长长数里的行列中，有时会看见那胖子老乞丐的。他默默地走着，面部没有表情，他的心中有没有在想些什么？如果他在年轻时不荡尽了那些家产，他死后何尝不可以有这份哀荣，他会不会这么想？

欺骗的玩意儿，我也在这条街上看到了。穿着蓝布大褂的那个瘦高个子，是卖假当票的。因为常常停留在我家的门前，便和宋妈很熟，并不避讳他是干什么的。宋妈真奇怪，眼看着他在欺骗那些乡下人，她也不当回事，好像是在看一场游戏似的。当有一天我知道他是怎么回事时，便忍不住了，我绷着脸瞪着眼，手插着腰，气势汹汹地站在门口。卖假当票的说：

"大小姐，我们讲生意的时候，您可别说什么呀！"

"不可以，"我气到极点，发出了不平之鸣，"欺骗人是不可以的！"

我的不平的性格，好像一直到今天都还一样地存在着。其实，所谓是非的看法，从前和现在，我也不尽相同。总之是人世相看多了，总不会不无所感。

也有最美丽的事情在虎坊桥，那便是春天的花事。常常我放学回来了，爸爸在买花，整担的花挑到院子里来，爸爸在和卖花的讲价钱，爸爸原来只是要买一盆麦冬草或文竹什么的，结果一担子花都留下了。卖花的拿了钱并不掉头就走，他还留下来帮着爸爸往花池或花盆里种植，也一面和爸爸谈着花的故事。我受了勤勉的爸爸的影响，也帮着搬盆移土和浇水。

我早晨起来，喜欢看墙根下紫色的喇叭花展开了她的容颜，还有一排向日葵跟着日头转，黄昏的花池里，玉簪花清幽地排在那里，等着你去摘取。

虎坊桥的童年生活是丰富的，大黑门里的这个小女孩是喜欢思索的，也许是这些，无形中导致了她走上以写作为快乐的路吧！

友　情

　　似乎只有春夏两季的岛上生涯过得真快，一转眼间就是三年了。今天，白天听着巷子里叫卖椪柑的声音，晚上按摩的盲者又拖着木屐，吹着笛子从窗前经过，和三年前自基隆舍舟登岸后，借住在东门二妹家的情景一模一样。

　　邻居的一品红开得正盛，陪伴着一株高大的橡胶树，在墙头迎风招展。在北平，这是珍贵的"盆景"，此刻正陈列在生了洋炉子的客厅里，和冷艳的蜡梅并列。

　　想到了北平，便不能忘怀扔在那里的一大片。家搬到那里二十多年了，可留恋的东西实在很多，衣服器物，只要有钱原可以再购置，但是书籍，尤其照片，如果丢了就没有法子补偿。更可怀念的是那一帮朋友——那一帮撇着十足京腔的朋友，他们差不多都没舍得离开那住进去就不想走的古城，现在不但书信不通，简直等于消息断绝。

　　这些朋友，有的是同事，有的是同学，有的是同乡，有的兼有以上两种或三种的资格。我们从梳着两条小辫儿一同上学到共同做事养家，又到共同研究哺育子女方法，几十年都没有离开这城圈儿，现在却像分居在两个世界里，不知何日重见。和这些朋友彼此互悉家世，了解性格，而且志趣相投，似乎永远没有断交的可能。但是经过长期的世事封锁，将来再见，也想象不出他们那时是何等情景了。

我刚回到台湾时，幸运的是家人大部分团聚，甚至还多了许多亲戚长辈。不过寂寞的是友谊突然减少，偶然有剩余的时间，觉得无所寄托，认识的人虽多，可以走动的朋友却极少，值得饮"千杯酒"的知己更少。所以我那时常对人说：回到台湾，理论上是还乡了，实际上却等于出了远门儿，因为只有到一个新地方才感觉到没有朋友的寂寞，"出门靠朋友"，没有朋友便有流亡身世、无所依靠之感。

幸亏第一个来填补这个"感情的真空"的是乡情，我所能感觉到的乡情有两种，一种是台湾的，许多亲友听说我"少小离家老大回"，都来接风叙旧，对于我的"乡音未改"，尤其感到愉快。另一种是大陆的，例如山东朋友明明听到我是"京油子"，却坚持要称我是"老乡"，广义地说，都是从大陆上来的，再狭义一点儿，好像我们都有资格参加"华北运动会"，他却不晓得我是回了"本乡本土"的呢！反而是到了台湾人的面担子上，老板娘却坚持说我连"半山"都不像。

第二个是，友情之门忽然开放，许多"不速之客"闯了进来，这完全是因为偶然在报章杂志写写稿子的缘故，日子一多，纸上也熟悉了。以文会友，一封表示"久仰"的信便可以建立了友情。

这许多新朋友是分住在各地的，有的在热闹的城市，有的在安静的小城镇，有的在风景区。台湾交通便利，旅行成了极平常的事，再远的地方也不过朝发夕至。无论新朋友老朋友，都是到一处，搅一处，一地有一地的情味，一处有一处的风光。虽然台湾的恶酒不足以论文，甚至会吓跑了文思，但是做客异地，秋窗夜话，已经够得上是件乐事了。我常常感觉到，即使从小看大，乃至天天见面的老朋友，有些共同生活反而不容易产生，例如昔人说"联床夜话"，想一想，越是亲近如邻居，越是不易有这种乐趣的。

木屋生活是有趣的，榻榻米上可以许多人拥被围坐，中间放一张矮脚桌，烟茶果点，有备无患。如逢冬夜，加上火盆一只，烧着熊熊的相思炭，上面烧水、烤薯、煮咖啡，无往而不利。战火余生，得到这样自由自在的生活，真该谢天谢地了。

两年来，在台湾交的新朋友，寄来的信已经塞得满满一抽屉。台北的电话太少，本市的朋友也要靠绿衣人联络，所以写信也成了伏案生活的一部分。写信有好处，"物证"在手，闲时可供消遣，必要时也可资覆按，比起话说过了不存形迹，另是一番趣味。

信笔至此，风正吹着门窗咯咯作响，雨打椰树发出沙沙的声音来。若有足音到窗前而止，敲着玻璃问道："海音在家吗?"我必掷笔而起,欣然应道:"在家在家,快请进来坐,乌龙茶是刚沏好的啊!"

窃读记

　　转过街角，看见三阳春的冲天招牌，闻见炒菜的香味，听见锅勺敲打的声音，我松了一口气，放慢了脚步。下课从学校急急赶到这里，身上已经汗涔涔的，总算到达目的地——目的地可不是三阳春，而是紧邻它的一家书店。

　　我趁着漫步给脑子一个思索的机会："昨天读到什么地方了？那女孩不知以后嫁给谁？那本书放在哪里？左角第三排，不错。……"走到三阳春的门口，便可以看见书店里仍像往日一样地挤满了顾客，我可以安心了。但是我又担忧那本书会不会卖光了，因为一连几天都看见有人买，昨天好像只剩下一两本了。

　　我跨进书店门，暗喜没人注意。我踮起脚尖，使矮小的身体挨蹭过别的顾客和书柜的夹缝，从大人的腋下钻过去，哟，把头发弄乱了，没关系，我到底挤到里边来了。在一片花绿封面的排列队里，我的眼睛过于急忙地寻找，反而看不到那本书的所在。从头来，再数一遍，啊！它在这里，原来不是在昨天

172

那位置了。

我庆幸它居然没有被卖出去，仍四平八稳地躺在书架上，专候我的光临。我多么高兴，又多么渴望地伸手去拿，但和我的手同时抵达的，还有一双巨掌，十个手指大大地分开来，压住了那本书的整个："你到底买不买?"

声音不算小，惊动了其他顾客，他们全部回过头来，面向着我。我像一个被捉到的小偷，羞惭而尴尬，涨红了脸。我抬起头，难堪地望着他——那书店的老板，他威风凛凛地俯视着我。店是他的，他有全部的理由用这种声气对待我。我用几乎要哭出来的声音，悲愤地反抗了一句："看看都不行吗?"其实我的声音是多么软弱无力!

在众目睽睽下，我几乎是狼狈地跨出了店门，脚跟后面紧跟着的是老板的冷笑："不是一回了!"不是一回了? 那口气对我还算是宽容的，仿佛我是一个不可以再原谅的惯贼。但我是偷窃了什么吗? 我不过是一个无力购买而又渴望读到那本书的穷学生!

曾经有一天，我偶然走过书店的窗前，窗前刚好摆了几本慕名很久而无缘一读的名著，欲望推动着我，不由得走进书店，想打听一下它的价钱。也许是我太矮小了，不引人注意，竟没有人过来招呼，我就随便翻开一本摆在长桌上的书，慢慢读下去，读了一会儿仍没有人理会，而书中的故事已使我全神贯注，舍不得放下了。直到好大工夫，才过来一位店员，我赶忙合起书来递给他看，煞有其事似的问他价钱。我明知道，任何便宜价钱对于我都是枉然的，我绝没有多余的钱去买。

但是自此以后，我得了一条不费一文钱读书的门径。下课后急忙赶到这条"文化街"，这里书店林立，使我有更多的机会。

一页，两页，我如饥饿的瘦狼，贪婪地吞读下去，我很快乐，也很惧怕，这种窃读的滋味！有时一本书我要分别到几家书店去读完，比如当我觉得当时的环境已不适宜再在这家书店站下去的话，我便要知趣地放下书，若无其事地走出去，然后再走入另一家。

我希望到顾客正多着的书店，就是因为那样可以把矮小的我挤进去，而不致被人注意。偶然进来看书的人虽然很多，但是像我这样常常光顾而从不买一本的，实在没有。因此我要把自己隐藏起来，真是像个小偷似的。有时我贴在一个大人的身边，仿佛我是与他同来的小妹妹或者女儿。

最令人开心的是下雨天，感谢雨水的灌溉，越是倾盆大雨我越高兴，因为那时我便有充足的理由在书店待下去。好像躲雨人偶然避雨到人家的屋檐下，你总不好意思赶走吧？我有时还要装着皱着眉头不时望着街心，好像说："这雨，害得我回不去了。"其实，我的心里是怎样高兴地喊着："再大些！再大些！"

但我也不是读书能够废寝忘食的人，当三阳春正上座，飘来一阵阵炒菜香时，我也饿得饥肠辘辘，那时我也不免要做个白日梦：如果袋中有钱该多么好？到三阳春吃碗热热的排骨大面，回来这里已经有人给摆上一张弹簧沙发，坐上去舒舒服服地接着看。我的腿真够酸了，交替着用一条腿支持另一条，有时忘形地撅着屁股依赖在书柜旁，以求暂时的休息。明明知道回家还有一段路程要走，可是求知的欲望这么迫切，使我舍不得放弃任何捉住的窃读机会。

为了解决肚子的饥饿，我又想出了一个好办法：临时买上两个铜板（两个铜板或许有）的花生米放在制服口袋里，当智慧之田丰收，而胃袋求救的时候，我便从口袋里掏出花生米来救急。要注意的是花生皮必须留在口袋里，回到家把口袋翻过来，细碎的花生皮便像雪花样地飞落下来。

但在这次屈辱之后，我的小心灵确受了创伤，我的因贫苦而引起的自卑感再次地犯发，而且产生了对人类的仇恨。有一次刚好读到一首真像为我写照的小诗时，更增加了我的悲愤。那小诗是一个外国女诗人的手笔，我曾抄录下来，贴在床前，伤心地一遍遍读着。小诗说：

> 我看见一个眼睛充满热烈希望的小孩，
> 在书摊上翻开一本书来，
> 读时好似想一口气念完。
> 摆书摊的人看见这样，

我看见他很快地向小孩招呼：

"你从来没有买过书，

所以请你不要在这里看书。"

小孩慢慢地踱着叹口气，

他真希望自己从来没有认过字母，

他就不会看这老东西的书了。

穷人有好多苦痛，

富的永远没有尝过。

我不久又看见一个小孩，

他脸上老是有菜色，

那天至少是没有吃过东西——

他对酒店的冻肉用眼睛去享受。

我想着这个小孩情形必定更苦，

这么饿着，想着，这样一个便士也没有。

对着烹得精美的好肉空望，

他免不了希望他生来没有学会吃东西。

　　我不再去书店，许多次我经过文化街都狠心咬牙地走过去。但一次，两次，我下意识地走向那熟悉的街，终于有一天，求知的欲望迫使我再度停下来，我仍愿一试，因为一本新书的出版广告，我从报上知道好多天了。

　　我再施惯技，又把自己藏在书店的一角，当我翻开第一页时，心中不禁轻轻呼道："啊！终于和你相见！"这是一本畅销书，那么厚厚的一册，拿在手里，看在眼里，多够分量！受了前次的教训，我更小心地不敢贪婪，多串几家书店更妥当些，免得再遭遇到前次的难堪。

每次从书店出来，我都像喝醉了酒似的，脑子被书中的人物所扰，踉踉跄跄，走路失去控制的能力。"明天早些来，可以全部看完了。"我告诉自己。想到明天仍可以占有书店的一角时，被快乐激动得忘形之躯，便险些撞到树干上去。

可是第二天走过几家书店都看不见那本书时，像在手中正看得起劲的书被人抢去一样，我暗暗焦急，并且诅咒地想：皆因没有钱，我不能占有读书的全部快乐，世上有钱的人这样多，他们把书买光了。

我惨淡无神地提着书包，抱着绝望的心情走进最末一家书店。昨天在这里看书时，已经剩下最后一册了，可不是，看见书架上那本书的位置换了另外的书，心整个沉下了。

正在这时，一个耳朵架着铅笔的店员走过来了，看那样子是来招呼我的（我多么怕受人招待），我慌忙把眼睛送上了书架，装作没看见。但是一本书触着我的胳膊，轻轻地送到我的面前："请看吧，我多留了一天没有卖。"

啊，我接过书害羞得不知应当如何对他表示我的感激，他却若无其事地走开了。被冲动的情感，使我的眼光久久不能集中在书本上。

当书店的日光灯忽地亮了起来，我才觉出站在这里读了两个钟点了。我合上最后一页——咽了一口唾沫，好像所有的智慧都被我吞食下去了。然后抬头找寻那耳朵上架着铅笔的人，好交还他这本书，在远远的柜台旁，他向我轻轻地点点头，表示他已经知道我看完了，我默默地把书放回书架上。

我低着头走出去，黑色多皱的布裙被风吹开来，像一把支不开的破伞，可是我浑身都松快了。摸摸口袋里是一包忘记吃的花生米，我拿一粒花生米送进嘴里，忽然想起有一次国文先生鼓励我们用功的话：

"记住，你是吃饭长大，也是读书长大的！"

但是今天我发现这句话还不够用，它应当这么说：

"记住，你是吃饭长大，读书长大，也是在爱里长大的！"

萝卜干的滋味

林老师：

　　请您原谅一个终日忙于家事的主妇，她以这封信代替了本应亲往拜访的礼貌。

　　写信的动机是由于小儿振亚饭盒里的一块萝卜干，我简单地讲给您听。

　　这件事发生已有多久，我不知道，我发现则才有三天。三天前，我初次发现振亚带回的饭盒中有一块萝卜干时，并未惊奇，我以为那是午饭时同学们互尝菜味所交换来的。但当第二天饭盒的残羹中又是干巴巴的萝卜干时，不免使我怀疑，因而仔细看了两眼，这才发现垫在萝卜干底下的，是一小堆粗糙的在来米剩饭，我们家向来是吃经过加工碾拣的蓬莱米的，因此我知道这里面一定有了缘故。同时我又发现这个虽然相同的铝制饭盒，究竟还有不同之处，我们的饭盒，盒盖边沿曾被我在洗刷时不慎压凹了一小处。这个饭盒，连同里面的饭菜，显然不是振亚早晨所带去的。但是我没有对振亚说什么。第三天，就是昨天早上，我装进饭盒里的有一块炸排骨肉，我有意在等待这事的发展。果然振亚带回的饭盒中，没有啃剩的骨头，却换来了——仍是干瘪的萝卜干。而且奇怪的是，我们自己的饭盒又换回来了。

我相信这不是偶然的错误，而是有计划的策谋，有人在干着偷天换日的勾当，这是出于某一个人的行动，他所作所为，无非是想攫取我儿的营养，怎不教做母亲的我痛心！

林老师！您或许知道，我们并非富有之家，我的丈夫靠菲薄的薪给养活一家，因此在每天给他们父子俩的饭盒里，无论装入的是一块排骨肉，一个鸡蛋，或者一只鸡腿，我都会想到来之不易。它是为了儿子的发育，通过丈夫的辛勤、我的节俭，才勉强做到的。所以我不客气地跟您说，我们是禁不起这样被人偷取的。我们不是富有人家，我再对您说一遍。

我也知道，在您的教育之下，是不可能使人相信有这类的事发生的，但事实摆在这里，又有什么办法。为了我儿的营养，我只好求您费费心，查明是哪个偷天换日的聪明孩子干的。萝卜干偶然吃一次是香的，但是天天吃，顿顿吃，您想想是什么滋味？怪不得那个孩子想出这样巧妙的办法，那臭烘烘的萝卜干味道，他早就吃够了！

为了给您一个调查的方便，我更告诉您，今天早上当着振亚的面，我在饭盒里装进了一个大肉丸子，您可以看看，到底是哪个今天要倒霉的孩子在吃这个大肉丸子。

　　敬祝

教安

　　　　　　　　　朱夏荔媛上

朱太太：

　　工友送进您的来信时，我刚在饭厅里坐定，四十多个孩子正窸窸窣窣地吃着各人的午饭，我却停箸展读来函。我以怀疑的心情打开您的信，却以快乐的心情读完它。现在我以无比轻松的心情写信给您，同时告诉您，我捉到那"贼"了，您所说的，那个"偷天换日"的聪明孩子被我捉到了。我纳闷了三天不能猜透的事情，因为您的来信而获解决了，怎不教我轻松愉快呢！就是在我执笔给您写信的这当时，激动的情绪仍持续着，因为有一张真挚可爱的小面庞深印于我的心上，为了这些纯真的孩子，我也愿意终生献身于儿童教育！

　　我先告诉您三天来的情形，再讲我怎样捉到那小贼。这里吃饭的情形您或许早已知道，孩子们每天早晨到学校后，便先把各人的饭盒送到厨房去，交给大师傅老赵，他便放进大蒸笼里。午间各人到厨房去取了蒸热的饭盒，厨房旁边是一间大饭厅，大家都在那里吃午饭。我不例外，一向是陪着孩子们一同吃的。

　　三天前的午饭时，当我正举箸，刘毅军站起来了，他说："老师，有人拿错了我的饭盒，这……这不是我的。"我抬头望去，可不是，饭盒打开来，横躺在热腾腾的蓬莱白米饭上的，是一只香喷喷的红烧鸡腿，我知道那确不会是刘毅军的。我便对同学们说："是谁拿错了饭盒？是谁带了有鸡腿的饭盒？"

等了几分钟，也没有人来认换，也难怪，饭盒的大小样式几乎都是相同的，而且家里给装了什么菜，孩子们也知道的不多。既然没有人来认领，只好叫刘毅军吃了再说。毅军吃着鸡腿津津有味，十分高兴，不是我看不起刘毅军，无父的孤儿，靠寡母穿针引线替人缝补度日，如果不是有人拿错了，他哪能摸着鸡腿吃呀！

可是第二天，同样的情形又发生了，我也不免奇怪，这是怎么一回事？当刘毅军打开饭盒，又惊奇地喊着有人拿错了的时候，同学们都停下筷子围向毅军的面前看，今天换了，是一块炸排骨肉。我问毅军自己带的是什么菜，他很难为情地说："只有一些萝卜干，老师！"

我向同学们说："看看谁拿错了饭盒，炸排骨换萝卜干可不上算！"同学们听了哗然大笑，却仍无人来认领。我虽也觉有趣好笑，却不免纳闷起来。刘毅军也以想不通的样子吃下了这顿排骨饭。

今天，当我们正为那个像小皮球大的肉丸惊疑时，您的信来了。我在未打开信时曾对毅军玩笑着说："这是上帝的意旨，你吃吧！"因为他和他的母亲都是基督徒，是宗教的信仰，才使他们安于吃萝卜干的命运吗？

说到萝卜干，我实在还应当把一些情形说给您听：刘毅军的母亲，在我去做家庭访问的时候，她并不避穷，很坦白地对我说，一日三餐的筹措，是如何的艰难，所以，她要我善为教育她的独子毅军。在这一点，毅军倒从未使人失望。当毅军的母亲和我畅谈家常的时间，她家的院子里，正晾着一篮篮的萝卜干。指着那些被尘土吹满的萝卜片，她对我说："老师您看，我晾了这许多萝卜，可也不是花钱买来的，附近有一家菜园，种了许多萝卜，当人家收成拔萝卜的时候，我就赶了去，把人家扔掉不要的萝卜头，萝卜根，坏了心的，脱了皮的，统统拾了来。我再挑拣一遍，晒晒腌腌，可以够我们娘儿俩吃些日子的。"

朱太太，您问我萝卜干吃多了是什么滋味，我想毅军的母亲吃着它的时候，当觉其味无限辛酸。就是毅军，在他长大以后，回忆起他嚼萝卜干的童年时代，也该有不少的感触。如果有一天，他能读到明朝三峰主人为他的朋友洪自诚所著《菜根谭》写的序中的"……谭以菜根名，固自清苦历练中来，亦自栽培灌溉里得，其颠顿风波，备尝险阻可想……"这几句话时，他会觉出，当年所嚼的萝卜干，实有一种"真味"。

我跟您扯得太远了，让我们再回到饭厅里去。我读完您的信，停箸良久不能自已。我草草吃完饭，顺着饭厅巡视一番。

走到那个圆圆红红小脸蛋儿的孩子面前,我停下了,这孩子抬头看见了我,有点做"贼"心虚,急忙用筷子把饭盒里的萝卜干塞到在来米饭底下。我却在他旁边的空位子上坐下来,侧着头在他耳旁悄声问说:"萝卜干的滋味怎么样?"他先是一惊,随后竟装着若无其事地回答我:"很甜。老师!"

很甜!我站起身来,回味着他这句话,想着您的来信,不由得抿嘴笑着走出饭厅,可是后面立刻响起了小碎跑步声,有人跟出来了。"林老师!"我回头站定,是小红圆脸,他气喘喘地跑到我面前,"老师不要讲出去吧,刘毅军的家里实在很穷,他天天吃白饭配萝卜干,所以……"

我的个子已经很矮,站在我面前的这个小男孩还比我低半头!他的胸襟却是如此辽阔无边!

写到这儿,您已经全部明了了吧?您要我调查的那个"偷天换日"的孩子,我捉到了,正是令郎朱振亚自己!

我当时点头示意答应了振亚的请求,见他结实的小身影走回饭厅,我才无限激动地回到自己的房里来。我一边用毛巾擦脸一边想,这萝卜干到底是什么滋味?它实在是包含着人生的各种滋味,要看什么人在什么境遇下吃它。

我又想,善良的本性,虽在如此纷乱丑恶的人间,却并未从我们的第二代失去,这是多么令人喜悦的事情。

我不断地用毛巾擦着,想着,擦了这么久才发现,我没有在擦油嘴,却擦的是眼睛。哟!真奇怪!我原是满心的高兴,为何却流泪?

　　当您看完了这封信,打算怎样处理这件事呢?您会原谅"偷天换日"的孩子吗?我倒要为我的学生向您求情了!

　　此复　并祝

快乐

　　　　　　　　　　　　　　　　林××上

平凡之家

感谢朋友们的关怀，她们的来信总是关心到我的生活："真难为你拖儿带女的"，"不用人还拖着三个孩子"，"既不用人又要写文章"……大概我在不曾见面，或者久不见面的朋友的想象里，该是一个一天到晚愁眉苦脸，加上一肚子牢骚的女人。拖着三只丑小鸭，站在灶边，一顿又一顿，做着烧饭的奴隶，岂不是一个"准平凡"的女人吗？

说起平凡的生活，我确是一个乐于平凡的女人，朋友们都奇怪我在这两间小木房里，如何能造成康乐的地步？我却以为古人能够"一箪食，一瓢饮，在陋巷"而不改其乐，我怎么就不能在这十叠半席的天地里自得其乐呢？西谚有云："听不见孩子哭声的，不算是完整的家。"那么我对于儿女绕膝的福分，还不应当满足吗？在我们的小家庭里，我的女高音从来是压不住孩子们的三部合唱。有时候我要跟他谈几句话，竟会被正在高谈阔论的小女儿喝道："妈妈不要插嘴！"我们的平凡生活里，孩子是主要的成分呢！

　　我读过许多描写得有如琼楼玉宇的"吾庐"文章，看看别人所描绘的家，对于并不属于我的十叠半的"吾庐"就更不敢献丑了，但是正如梁实秋先生对他在四川居住的"雅舍"所说"我不论住在哪里，只要住得稍久，对那房子便发生感情，非不得已我还是舍不得搬……纵然不能蔽风雨，'雅舍'还是自有它的个性，有个性就可爱。"我最初搬到这十叠半来的时候，心情之沉重，难以形容，看着堆在壁橱里的十五公斤行李，想起北平扔下的一大片，真要令人闷绝。怕他骂我想不开，夜里钻在被窝里，不知淌了多少眼泪！但是两年住下来，就犯了北平人的懒脾气。最近听说他的机关有把我们全家配到一栋多出两叠的房子去，自幽谷迁于乔木，可喜可贺，但是我和他反而留恋起两年厮守的这两间木屋来了，母亲还以为我是舍不得曾投资于修理厨房的两包水泥呢！

　　今日阳光照在书桌上，觉得格外温暖，我忽然想起这两年来。在这十叠半的天地里，实在是健康多过病弱，快乐多过忧愁，辛勤多过懒散，接待过许多徘徊台北的朋友们，有过多少次的夜谈之乐。这一切怎不使人对这木屋的情趣留恋呢！

　　我们的生活情趣重于快乐的追求，有人说我们该是没有理由快乐的家庭，丈夫是一个自甘淡泊的人，因之我们的生活也就来得紧张些，但是我们在紧张中却不肯牺牲"忙里偷闲"的享受，张潮《论闲与友》里说："人莫乐于闲，非无所事事之谓也。闲则能读书，闲则能游名胜，闲则能交益友，闲则能饮酒，闲则能著书。天下之乐，孰大于是？"然则快乐的心情，却要自己去体味。有人看我们在孩子们熟睡后，竟敢反锁街门跑去看一场电影，替我们捏一把汗，说是台湾的小偷闹得很凶，可是我们仍不愿放弃儿辈上床后的这一段悠闲的时间，夜读、夜写、夜谈、夜游，都是乐趣无穷的。有时候夜读疲倦，披衣而起，让孩子们在梦中守家，我们俩到附近的夜市去吃一碗担仔面，回来后如果高兴的话，也许摊开稿纸，把瞬间所引起的情感，记在上面。

把一切归罪于"贫穷"，是现代生活里人们常有的心情，我却以为应当体味《祖母的精神生活》一书中所说的祖母的人生观：

孤独不算孤独，贫穷不算贫穷，软弱不算软弱，如果你日夜用快乐去欢迎它们，生命便能放射出像花卉和香草一样的芬芳——使它更丰富，更灿烂，更不朽了——这便是你的成功。

捉住光阴的实际，快乐而努力地过下去，不做无病呻吟，一个平凡女人的平凡生活，如此而已。

教子无方

母亲骂我不会管教孩子，她说我："该管不管！"我也觉得我的儿童教育有点儿特别。

刚下过雨，孩子们向我请求：

"让我们光脚去玩，好不好？"

我满口答应，孩子们高兴极了，脱下鞋子，卷起裤腿儿，三个一阵呼啸而去。母亲怪我放纵，她说满街雨水，不应当让孩子们光脚去蹚水，我回答母亲说："蹚水是顶好玩儿的事，我小的时候不是最爱蹚水吗？"母亲只好骂我一句："该管不管！"

我们的小家庭里，为孩子的设备简直没有，他们勉强算是有一间三叠的卧室，还要匀出我放小书桌和缝纫机的地盘来。还有三个抽屉归他们每人一个，有时三个孩子拉出抽屉来摆弄一阵子，里面也无非是些碎纸烂片破盒子。他们只有一盒积木算是比较贵重的玩具，它的来历是：

儿童节的头一天，大的从高级班同学那里借来全套童子军武装，我家务忙，没顾得问他所以，第二天一早儿，他穿上"童子军"就没了影儿。到了晌午，只见他笑嘻嘻满载而归，发了邪财似的，摆了一桌子文房四宝——笔墨纸砚什么的，还大大方方地赏了妹妹们一盒积木。问他到哪儿去了，他这才踌躇满志，挺着胸脯说：

"今天儿童节，我代表学校到教育厅'接见'厅长去了。这些全是他赏的。"

我们一听，非同小可，午饭多给了他一块排骨啃。整个晚上大家都拿"接见厅长"当题目谈笑。

就是这样，我们既然没有游戏室，又没有时间带他们到海滨去度周末，蹚蹚街上的雨水，就好比我们家门前是一片海滩，岂不很好？而且他们蹚着水最快乐，好像我的童年一样——说实话，到今天我都不爱打伞、穿雨衣，让雨淋满身、满头、满脸，冰凉凉最舒服。

我记得童年时候，喜欢做的许多事情都是爸妈所不喜欢的，因为他们不喜欢，我便更喜欢，所以常常要背着他们做。我和二妹谈起童年的淘气，至今犹觉开心。我们最喜欢听到爸妈不在家的消息，因为那时候我们便可以任意而为，比如扯下床单把瘦鸡子似的五妹包在里面，我和二妹两头儿拉着，来回地摇，瘦鸡子笑，我们也笑，连管不了我们的奶妈都笑起来了（可见她也喜欢淘气）。笑得没了力气，手一松，床单裹着人一齐摔到地下，瘦鸡子哇地哭了，我们更笑得厉害，虽然知道爸爸回来免不了吃一顿手心板。

雨天无聊，孩子们最喜欢爬到壁橱里去玩，我起初是绝对不许的，如果他们乘我买菜时候爬到里面去，回来一定会挨我一顿臭骂。有一次我们要出门，老二问爸爸：

"妈妈也出去吗？"

爸爸说："是的。"

老二把两条长辫子向后一甩，拍着小手笑嘻嘻地向老三说：

"妈妈也出去，我们好开心！"

我正在房里换衣服，听了似有所悟，他们像我一样吗？喜欢背着爸妈做些更淘气的勾当？我的爸妈那样管束我，并没有多大效力，我又何必施诸儿女？这以后，我便把尺度放宽，甚至有时帮助他们把枕头堆起来，造成一座结结实实的堡垒抵御敌人，枕头上常常留有他们的小泥脚印。母亲没办法儿，便只好又骂我："该管不管！"我心想，他们的淘气还不及我的童年一半呢！

成年人总是绷着脸儿管教孩子，好像我们从未有过童年，不知童年乐趣为何物何事。有一天我正伏案记童年，院里一阵骚动，加上母亲唉唉叹声，我知道孩子们又惹了祸，母亲喊："你来管管。"我疾步趋前，喝！三只丑小鸭一字儿排开，站在那里等候我发落。只见三张小脸儿三个颜色：我的小女儿一向就是"娇女儿泪多"，两行泪珠挂在她那"灵魂的窗户"

上，闪闪发光；二女儿的脸上涂着"迷死弗多"口红，红得像台湾番鸭的脸；那老大，小字虽然没写完，鼻下却添了两撇仁丹胡子。一身的泥，一地的水。不管他们惹了什么样的祸，照着做母亲的习惯，总该上前各赏一记耳光，我本想发发脾气，但是看着他们三张等候发落的小花脸儿，想着我的童年，不禁哑然失笑。孩子们善观气色，便也扑哧都笑起来，我们娘儿四个笑成一团。母亲又骂我："该管不管!"

我也只好自叹"教子无方"了。

秋的气味

秋天来了，很自然地想起那条街——西单牌楼。

无论从哪个方向来，到了西单牌楼，秋天，黄昏，先闻见的是街上的气味。炒栗子的香味弥漫在繁盛的行人群中，赶快朝那熟悉的地方看去，和兰号的伙计正在门前炒栗子。和兰号是卖西点的，炒栗子也并不出名，但是因为它在街的转角上，就不由得就近去买。

来一斤吧！热栗子刚炒出来，要等一等，倒在笸中筛去裹糖汁的沙子。在等待称包的时候，另有一种清香的味儿从身边飘过，原来眼前街角摆的几个水果摊子上，啊！枣、葡萄、海棠、柿子、梨、石榴……全都上市了。香味多半是梨和葡萄散发出来的。沙营的葡萄，黄而透明，一摭两截，水都不流，所以有"冰糖包"的外号。京白梨，细而嫩，一点儿渣儿都没有。"鸭儿广"柔软得赛豆腐。枣是最普通的水果，郎家园是最出名的产地，于是无枣不郎家园了。老虎眼枣，葫芦枣，酸枣，各有各的形状和味道。"喝了蜜的柿子"要等到冬季，秋天上市的是青皮的脆柿子，脆柿子要高桩儿的才更甜。海棠红着半个脸，石榴笑得露出一排粉红色的牙齿。这些都是秋之果。

抱着一包热栗子和一些水果，从西单向宣武门走去，想着回到家里在窗前的方桌上，就着暮色中的一点光亮，家人围坐着剥食这些好吃的东西的快乐，脚步不由得加快了。身后响起了当当的电车声，五路车快到宣武门的终点了。过了绒线胡同，空气中又传来了烤肉的香味，是安儿胡同口儿上，那间低矮窄狭的烤肉宛上人了。

门前挂着清真的记号，他们是北平许多著名的回民馆子中的一个，秋天开始，北平就是回民馆子的天下了。矮而胖的老五，在案子上切牛羊肉，他的哥哥老大，在门口招呼座儿，他的两个身体健康、眼睛明亮、充分表现出回民青年精神的儿子，在一旁帮着和学习着剔肉和切肉的技术。炙子上烟雾弥漫，使原来就不明的灯更暗了些，但是在这间低矮、烟雾弥漫的小屋里，却另有一股温暖而亲切的感觉，使人很想进去，站在炙子边举起那两根大筷子。

老五是公平的，所以给人格外亲切的感觉。它原来只是一间包子铺，供卖附近居民和路过的劳动者一些羊肉包子。渐渐的，烤肉出了名，但它并不因此改变对主顾的态度。比如说，他们只有两个炙子，总共也不过能围上一二十人，但是一到黄昏，一批批的客人来了，坐也没地方坐，一时也轮不上吃，老五会告诉客人，再等二十几位，或者三十几位，那么客人就会到西单牌楼去绕个弯儿，再回来就差不多了。没有登记簿，他们却是丝毫不差地记住了前来后到的次序。没有争先，不可能插队，一切听凭老大的安排。他并没有因为来客是坐汽车的或是拉洋车的，而有什么区别，这就是他的公平和亲切。

　　一边手里切肉一边嘴里算账，是老五的本事，也是艺术。一碗肉、一碟葱、一条黄瓜，他都一一唱着钱数加上去，没有虚报，价钱公道。在那里，房子虽然狭小，却吃得舒服。老五的笑容并不多，但他给你的是诚朴的感觉，在那儿不会有吃得惹气这种事发生。

　　秋天在北方的故都，足以代表季节变换的气味的，就是牛羊肉的膻和炒栗子的香了！

骑毛驴儿逛白云观

很久不去想北平了，因为回忆的味道有时很苦。我的朋友琦君却说："如果不教我回忆，我宁可放下这支笔！"因此编辑先生就趁火打劫，各处拉人写回忆稿。她知道我在北平住的时候，年年正月要骑毛驴儿逛一趟白云观，就以此为题，让我写写白云观。

白云观事实上没有什么可逛的，我每年去的主要的目的是过过骑毛驴儿的瘾。在北方常见的动物里，小毛驴儿和骆驼，是使我最有好感的。北方的乡下人，无论男女都会骑驴，因为它是主要的交通工具。宋妈的丈夫，年年骑了小毛驴儿来我家，给我们带了他的乡下的名产醉枣来，换了宋妈这一年的工钱回去。我的弟弟在宋妈的抚育下一年年地长大了，宋妈却在这些年里连续失去了她自己的一儿一女。她最后终于骑着小毛驴儿被丈夫接回乡下去了，所以我想起小毛驴儿，总会想起那些没有消息的故人。

骑毛驴儿上白云观也许是比较有趣的回忆，让我先说说白云观是个什么地方。

白云观是个道教的庙宇，在北平西便门外二十里的地方，白云观的建筑据说在元太祖时代就有，那时叫太极宫，后来改名长春宫，里面供了一位丘真人塑像，他的号就叫长春子。这位真人据说很有道行，无论有关政治，或日常生活各方面，曾给元太祖很多很好的意见。那时元太祖正在征西，天天打仗，他就对元太祖说，想要统一天下，是不能以杀人为手段的。元太祖问他治国的方法，他说要以敬天爱民为本。又问他长生的方法，他说以清心寡欲为最要紧。元太祖听了很高兴，赐号"神仙"，封为"太宗师"，请他住在太极宫里，掌管天下的道教。据说他活到八十岁才成仙而去。在白云观里，丘真人的像是白皙无须眉。

现在再说说我怎么骑小驴儿逛白云观。

白云观随时可去，但是不到大年下，谁也不去赶热闹。到了正月，北平的宣武门脸儿，就聚集了许多赶小毛驴儿的乡下人。毛驴儿这时也过新年，它的主人把它打扮得脖子上挂一串铃子，两只驴耳朵上套着彩色的装饰，驴背上铺着厚厚的垫子，挂着脚镫子。技术好的客人，专挑那调皮的小驴儿，跑起来才够刺激。我虽然也喜欢一点刺激，但是我的骑术不佳，所以总是挑老实的骑。同时不肯让驴儿撒开腿跑，却要驴夫紧跟着我。小驴儿再老实，也有它的好胜心，看见同伴们都飞奔而去，它也不肯落后，于是开始在后面快步跑。我起初还拉着缰绳，"嘚嘚嘚"地乱喊一阵，好像很神气。渐渐地不安于鞍，不由得叫喊起来。虽然赶脚的安慰我说："您放心，它跑得再稳不过。"但是还是要他帮着把驴拉着。碰上了我这样的客人，连驴夫都觉得没光彩，因为他失去了表演快驴的机会。

到了白云观，付了驴夫钱，便随着逛庙的人潮往里走，白云观，当年也许香火兴旺过，但是到了几百年后的民国，虽然名气很大，但是建筑已经很旧，谈不上庄严壮丽了。在那大门的石墙上，刻着一个小猴儿，进去的游客，都要用手去摸一摸那石猴儿，据说是为新正的吉利。那石猴儿被千千万万人摸过，黑脏油亮，不知藏了多少细菌，真够恶心的！

进了大门的院子，要经过一道小石桥，白云观的精华，就全在这座石桥洞里了。原来下面桥洞里盘腿坐着一位纹风不动的老道，面前挂着一个数尺直径的大制钱，钱的方洞中间再悬一个铜铃。游客用当时通用的铜币向铜铃扔打，说是如果打中了会交好运，这叫作"打金钱眼"。但是你打中的机会，是太少太少了。所以只听见铜子儿叮叮当当纷纷落在桥底。老道的这种敛钱的方法，也真够巧妙的了。

打完金钱眼，再向里走，院子里有各式各样的地摊儿，最多的是"套圈儿"，这个游戏像打金钱眼一样，一个个藤圈儿扔出去，什么也套不着，白花钱。最实惠的还是到小食摊儿上去吃点什么。灌肠、油茶，都是热食物，骑驴吸了一肚子凉风，吃点热东西最舒服。

最后是到后面小院子里的老人堂去参观，几间房里的炕上，盘腿坐着几位七老八十的老道。旁边另有仿佛今天我们观光术语说的"导游"的老道，在报着他们的岁数，八十四，九十六，一百零二，游客听了肃然起敬，有当场掏出敬老金的。这似乎是告诉游人，信了道教就会长生，但是看见他们奄奄一息的样子，又使人感到生趣索然了。

白云观庙会在正月十八"会神仙"的节目完了以后，就明年见了。"神仙"怎么个会法，因为我只骑过毛驴儿而没会过神仙，所以也就无从说起了！

文津街

常自夸说，在北平，我闭着眼都能走回家，其实，手边没有一张北平市区图，有些原来熟悉的街道和胡同，竟也连不起来了。而走过那些街道所引起的情绪，却是不容易忘记的。就说，冬日雪后初晴，路过架在北海和中海的金鳌玉蝀桥吧。看到雪盖满在桥两边的冰面上，一片白，闪着太阳的微微的金光。漪澜堂到五龙亭的冰面上，正有人穿着冰鞋滑过去，飘逸优美的姿态，年轻同伴的朝气和快乐，虽在冬日，这幅雪漫冰面的风景，也不由得引发起我活跃的心情——赶快回家去，取了冰鞋也来滑一会儿！

在北平的市街里，我很喜欢傍着旧紫禁城一带的地方，蔚蓝晴朗的天空下，看朱红的墙，因为唯有在这一带才看得见。家住在南长街的几年，出门时无论是要到东、西、南、北城去，都会看见这样朱红的墙。要到东北的方向去，洋车就会经过北长街转向东去，到了文津街了，故宫的后门，对着景山的前门，是一条皇宫的街，总是静静的，没有车马喧哗，引发起的是思古之幽情。

景山俗称煤山，是在神武门外旧宫城的背面，很少人到这里来逛，人们都涌到附近的北海去了。就像在中山公园隔壁的太庙一样，黄昏时，人们都挤进中山公园乘凉，太庙冷清清的；只有几个不嫌寂寞的人，才到太庙的参天古松下品茗，或者静默地观看那几只灰鹤（人们都挤在中山公园里看孔雀开屏了）。

景山也实在没有什么可"逛"的，山有五峰，峰各有亭，站在中峰上，可以看故宫平面图，倒是有趣的。古建筑很整齐庄严，四个角楼，静静地站在暮霭中。皇帝没有了，他的卧室，他的书房，他的一切，凭块儿八毛的门票就可以一览无遗了。

做小学生的时候，高年级的旅行，可以远到西山八大处，低年级的就在城里转，景山是目标之一。很小很小的时候，就年年一次排队到景山去，站在刚上山坡的那棵不算高大的树下，听老师讲解：一个明朝末年的皇帝——思宗，他殉国死在这棵树上。怎么死的？上吊。啊！一个皇帝上吊了！小学生把这件事紧紧地记在心中。后来每逢过文津街，便兴起那思古的幽情，恐怕和幼小心灵中所刻印下来的那几次历史凭吊，很有关系吧！

穷汉养娇儿

我正在整理一些零乱的笔记，是看书的时候随手写在活页本子上的。随便抽出一页看，碰到了下面自己所记下的句子：

我读了《罪与罚》作者陀思妥耶夫斯基的书信。那时他十六岁，在圣彼得堡工科学校读书，经济非常困难。他写信给他的父亲说："我亲爱的父亲，当你的儿子向你要钱的时候，你总该想到他如果没有必要时，决不会烦扰你的，因为我知道你很困难，所以我平常连茶都不饮。"他又写信给弟弟说："我因为饥寒交迫，在路上生了病，一天大雨落下来，我们都在露天下立着，我身上连喝一口茶的钱都没有。"

我读了这段小小的笔记，很快地便把它和我在今天下午所批改的吕长波的作文本联想到一起了。其实这两者有什么关系呢？难道是因为吕长波也有个哥哥在读工科吗？或者是触及

"父亲"和"贫穷"这类的字眼儿了呢?

我因此又联想到一个问题!为什么人类往往在困苦中才能产生更多感人的事情?还是因为我的感情脆弱,随便一个微不足道的小人物的小举动,都能使我情感激动?但无论如何,我不会忘记关于那老书记和他的儿子们的故事。

是在上学期末快要期考的时候。我发现许多天来,孩子们都在迷恋于一种奇怪的游戏,下课后的操场上充满了一片不搭调的歌声和一些莫名其妙的姿态,而吕长波似乎是个中能手,他闹得比谁都欢跃。

我从教员休息室望过去,那为首的吕长波,是怎样的一副怪相呀!一个兜在网子里的篮球挂在后腰带上,刚好垂在屁股上,有规律地一步一扭腰肢,两只手时而伸向后面拍打几下篮球,时而高举摇晃,嘴里"哗啦啦哗啦啦"地叫喊,还有一些怪词句跟在后面。别的孩子也都这样做,有的把书包背在身后打,有的什么都没有,光在拍着自己的屁股。我不明白为什么他们热衷于这个游戏,歌调既不悦耳,姿势也不美妙,或许只是因为一种有节奏的单调的运动,使他们感觉兴趣吗?

这样的情形继续了许多天以后,有一天我终于走到他们的一群中:

"这到底是怎么一回事?"我指着吕长波身后挂着的篮球问。

"卖药的一人乐队,老师。后面假装是一个大鼓。"

"哪儿学来的?"

"是他,黎明亮教我的。"

"那念念叨叨的歌词儿,都是些什么话?"我知道这一定是从街头上卖野药者那里学来的,我生怕粗鄙的歌词无益于儿童。

"不太清楚,老师,黎明亮学不来,他就会哗啦啦啦一句。"

这时黎明亮也过来了,他还以为我对这卖野药的也发生了兴趣呢,他对吕长波说:

"我叫你下了课到我家,你偏不嘛,那一人乐队差不多每天六七点钟便到我们家那一带,他唱的那些话,你一定全学得来的。"

"可是那不行呀!"这老书记的淘气的儿子似觉不胜遗憾,"你知道我如果过了六点钟还不回去,爸爸就要到车站来望我。他会连饭都不肯吃地等着我。"

这确实不错,我知道吕长波家住板桥的乡下,有一次他说过因为散学后贪玩了一会儿,害得他爸爸在车站等到天黑,从此他再也不敢迟归了。在这一点上,淘气的孩子倒还差强人意。

上课铃响了,我不得不绷起面孔来说:"要期考了,长波,你真是只想对付着及格就满意了么?"吕长波这孩子,天真快乐无忧无虑虽是他性格上的优点,但对于功课只对付能及格就够了的观念，可真要不得。

暑假来了，看不见孩子们淘气，操场上倒真显得一片空荡，只留下几班投考中学的六年级生还在埋头苦苦地补习。校长认为我独身清闲，也派了我担任其中某一班的算术，真感责任重大。

在昏昏欲睡的夏日午后演习算题，实在不是好办法，我看他们被逆水行舟、鸡兔同笼、父子年龄搅得紧锁眉头，龇牙咧嘴，咬铅笔，搔脑袋，满脸怪相！

"好了，"我看离下课只有十几分钟了，"大家把功课收拾起来吧，闭上眼睛让脑子休息休息，什么也不要想。"

孩子们一听好高兴，立刻把书本塞进书包里，背向椅后一靠，闭上了眼睛。

我也一样闭上了眼睛，让脑子澄清，一无所有。但一切过往都澄了，似乎又从那远远的地方来了一队新的什么东西，向我已经空洞了的脑子里走，是一些声音，仿佛在哪儿听过，我不禁睁开了眼睛，只见讲台下的几十对眼睛也早就瞪得好大了。他们的眼神是由惊疑，恍悟，终于兴奋地拉长嘴角笑了。

"是哗啦啦啦！"其中一个轻轻地说。

"一人乐队！"又一个说。

夏日午后的困神被驱除得无影无踪，各个伸长了脖子在倾听，我知道他们准备在下课铃一响就往外跑。如果我不是身为师长，又何尝没有这种企图！因为许久以来我就要研究它为何如此使孩子们着迷。然而为了压制孩子们的浮躁的性情，我装着没发生什么，一直耗到下课的铃响，才放他们出去。

那复杂的乐声越来越近，无疑是停在校门口了。我也慢慢地，做出漫不经心的样子向校门外走去，我听出那些乐器似乎包括有大鼓、小锣、响鼓、钹，还有一种沙哑而在挣扎嘶喊的嗓子，那嗓音听来就知道，绝不是属于年轻人的。

学生和行人，层层地把这乐队围住了，等我挤进了人圈一看，眼前的景色不免使我一惊，所谓复杂的乐声，原来只出于一人的操纵，怪不得孩子们管那叫一人乐队。要形容这一人乐队，可也不是三言两语说得完的，因为他全身的披挂是这么沉重呀！

我首先注意的是乐队的组织，一面大鼓直背在背后，两面都可以敲打，但是他右手拿了响鼓，左手举着一把广告伞，锣鼓齐鸣，又从何下手呢？原来第三第四只手是从后裤袋里伸出来的，那只是两根棒，机关很巧妙，我现在想起孩子们学的那一走一扭的姿态来了。因为打鼓的木棒虽从裤袋伸出来，却有一根绳子绑着从裤袋直通脚跟，他每走一步，便牵扯到木棒打一下鼓，如果他扭动腰肢，因了臀部的推动，木棒的击点却又移到两面鼓上另装着的锣和钹上了。所以扭一步，这边是锣和鼓，当咚！再扭一步，那边是钹和鼓，呛咚！再加上他手上一面不断摇晃的响鼓，和不停口的哑嗓门儿，当咚！呛咚！哗啦啦啦，可不是一人乐队么！

我再顺着他脚底下往上看：一双旧胶鞋，不算稀奇，一身五颜六色碎花布缝成的百家衣才有趣，那涂得像花狗屁股的一张脸，却套着一个橡皮的大鼻子，唉！还向来宾脱帽鞠躬哪！落日的红光照在那光秃秃的头顶上，十分滑稽。我听身后看热闹的京油子说："老灯泡儿有六十了吧！真耍一气！"

是被他听见了么？只见他扭着步，摇晃着响鼓，向我们这边走来，冲着京油子就数叨上了：

哗啦啦啦！刷刷刷！
这位先生你眼光真不差！
老汉不算大，
六十不到五十八，
儿要读书老子要，
走遍了天涯——
卖糖卖药也卖茶！哗啦啦啦！
哗啦啦啦！

于是，他又支开了那把特制的黄布伞，伞上印了一圈大字："胖娃娃牌泡泡糖。"接着他又扯开了嘶哑的嗓子：

> 哗啦啦啦！
>
> 全来吧就全来吧！
>
> 全来买一块钱的胖娃娃。
>
> 这位先生说得真叫妙，
>
> 我灯泡儿虽老，牌子可好，
>
> 诸君一尝就知道。
>
> 哗啦啦啦！全来吧！

　　他唱到灯泡儿的时候，又摘下那顶古怪的帽子，低下头显示给人看，围着看热闹的观众都满意地笑了，他的泡泡糖也卖掉了不少。我虽然在学生的面前极力使自己不笑出来，却也满心轻松。我欣赏他那临时编纂出来的词句，竟能把观众带进去。自来丑角都有过人的智慧，慈善的心肠，他把自己的快乐给世人分享……我心里不由这么想着。

　　哗啦啦啦！哗啦啦啦！

　　…………

　　我又发现孩子们每逢到哗啦啦啦的时候，都也跟着唱，身体摇晃着，随着那有节奏的扭步。但我也觉得我以老师的身份站在这里，实在不宜过久，不过我可也没意思把孩子们也赶走，让他们轻松一下吧。老头子卖泡泡糖的对象本来就是孩子，好在他的歌词虽俗浅尚无粗鄙之处，而且还真有几分亲切的人情味呢！

第二天，他仍顺利地演出，第三天却引起了校长的注意，她要我陪着出去看看，看她满脸嫌恶和烦躁，我知道，老头子有一顿排头好吃了。

　　　　哗啦啦啦！哈哈哈！
　　　　要来买糖的就是她！
　　　　…………

就在我们刚刚挤进人圈的时候，一堆胖娃娃牌的泡泡糖放在响鼓上，正好配着歌词送到校长的面前，出其不意地，校长竟绷着脸朝前一推，老头子停止了那数来宝的调子，也不免稍稍一惊。

　　"喂！老头子！这是学校，可不是杂耍场！没看见那边的牌子吗？每天都在我们的学生上课时跑来，又吵又闹，卖些欺骗小孩子的东西。走吧走吧！"

　　老头子故意以滑稽的样子做出立正倾听训词状，等校长训完了，他不慌不忙地又哗啦啦啦起来了：

　　　　哗啦啦啦！哗啦啦啦！
　　　　校长校长你别恼，
　　　　老头子我马上就走了，
　　　　我卖糖，我卖药，

　　　　我卖的价钱都公道——是货又好！
　　　　校长请原谅我多吵闹，
　　　　只为的是家中妻弱儿又小！
　　　　…………

　　严肃的校长，并没被幽默的歌词所软化，她拍拍我的肩头说："林老师，交给你办了，把他赶走，妨碍学校秩序。"干脆的声音随着她的快步而去。

　　兴高采烈的情绪，被校长打破了，观众索然，我负了赶走他的责任，也觉十分无趣。我想了想，便指着校墙的尽头对老头子说："看见没有，只要走过那道墙，就不属于学校的范围了。"

　　他脱帽鞠躬，收拾全套的装备，举起广告伞，摇着响鼓，向还在恋恋不舍追随他的观众，边走，边扭，边敲打，边数唱：

　　　　哗啦啦啦！全跟着我走呀走，
　　　　卖糖卖药我何曾欺过童与叟，
　　　　校长出言好叫人难受，
　　　　别让我老头子还在这儿丢丑！
　　　　这位老师指点了我一手，
　　　　走呀走，

往前瞅，

过了这道墙，校长就不能跟我吼！

…………

　　看那吃力的扭动，博得行人的喝彩，我心中忽然兴起了无限的怜悯之情，我发现每次的歌词虽然是以欢乐的声调唱出，但在冥冥中似也含着人世的悲凉。这老者，他有心事么？歌唱声和人影渐行渐远，转过学校的墙角，随着黄昏一道消失了，我还痴立在被晚风吹拂而大摇其头的椰树下，呆呆地想。

　　应该是感觉漫长的暑假，却在忙碌中溜过去了。

　　开学了，毕业了一群，考入了一群，气象虽一新，但一迎一送，却也令人有些惆怅的感觉。现在我这一班升为毕业班了，这一年我们将时时在紧张中。可是孩子们似乎还没有收敛下心来读书，是暑假玩野了。而且不知是谁又起了头，那一人乐队的玩意儿，又在操场上盛行了。

　　我虽然同情那老头子，却也很烦恼孩子们为这玩意儿分散了他们用功的心，因为吕长波、黎明亮这几个贪玩的孩子，竟醉心于编写那种数来宝的歌词了，怎么了得！我暗暗地叫苦，是毕业班哪！

　　校长也注意到了，不用说，她开头就讨厌那老头子，当然更讨厌孩子们拿这当游戏。她主张我应当到那几个淘气的学生家里走一趟，请家长和老师合作，督促孩子们的功课。

一次家庭访问，是必要的。

小桥，流水，人家，我在离板桥镇不远的乡下，找到了那小树旁的人家。吕长波正在门前张望，看见了我，他意外地吃惊和高兴，他说他原是在望爸爸的，没想到爸爸没回来，老师倒来了。

"爸爸不在家吗?"我很失望。

"他会回来的，爸爸这几个月很忙，常常加班。"

"那么现在是你等爸爸，而不是爸爸等你喽!"我一面跟着走进他的家，一面玩笑说。

在吕长波母亲的热心招待下，我们谈了一些家常。生活是艰苦的，但这种年月靠薪水吃饭的公务员谁也不例外，难得是这一家人和睦快乐，孩子们念书不用大人操心，是吕太太最引以为慰的事。我信这话，但是我今天此来的目的却是预备在缓和的谈话中给吕长波告一状呢!告他在学校如何贪玩，编那些无聊的歌词，学这学那，全是淘气的事，要请家长注意。

这时外面有人推门进来了，吕太太说："回来了。"是加班的老书记回来了。

可不是，一身黄咔叽布的中山装，左胸前别着市政府的徽章，年纪真不小了，满面是经历风霜的痕迹，还有已经光光的秃头，"呀!"我不觉轻轻地惊叫了一声，这秃头——我对他似曾相识!他就是，就是……

这样的一次晤面，是真够尴尬的，我不得不装作初认识，他也让茶让烟，是企图掩饰这尴尬的场面，我把来时所准备要谈的话，吞回肚子里一大半，我想尽速地告辞，也许能使主客更舒服些。

二十分钟的回程公路车上，我没想别的，光是那哗啦啦啦的声音在我脑子里作怪，一下子操场上，一下子校门边。老书记是个适于在小说里出现的神秘人物吗？还是个应当让心理学家研究的变态人物？什么理由使他组织一个一人乐队？家人都不知道吗？"这几个月爸爸常加班。"我把吕长波的这句话和黄昏后大道旁的一人乐队演奏连到一起，不禁暗笑了。

第二天绝早，一人乐队在学校的会客室里了。他见了我首先就难为情地说：

"让您见笑了，林老师。"

我明白他所指的是我已经知道关于他的事了，我也只好说：

"我真佩服吕先生的技术——不，艺术。"

"是我不自量，凭我个老书记——一个市政府的雇员待遇，还配叫各个儿子受高等教育吗？所以，我也就不得不——您看，就想了这么个赚钱的法儿，在老师面前多丢丑了！"他讷讷地说，完全不是那油腔滑舌的丑角了。

"哪儿的话！"我不知道应当怎样措词才合适，现在我才明白，他既不是行动神秘的人物，也不是心理变态的老头子，他是一个正常而正当的好父亲。不过，我想到一点，听说吕长波的两个哥哥同时考取了工专，这固然是可喜的事，但他们应当认识今天的青年是处在什么时代了，所以我不禁说："其实让他们找个送报的差使什么的，半工半读，不也可以吗？何必您这么——"

"穷汉养娇儿，北方的一句俗话您总该知道。托生给没本事的爸爸当儿子，念书也够苦了，天天带着盒冷饭，风里去雨里来的，我还要他们苦上加苦么？我舍不得！您不知道他们的书念得好呢！"他一边说着，一边咧嘴笑了，虽然面部这么一牵动，多皱的地方更皱了，眼里却放着喜悦的光。说到儿子就这么高兴么？

"那只是苦了您自己了。"我想起大太阳底下全身披挂的一人乐队。

"我算得了什么！只要他们能高高兴兴地念书，我又算得了什么！"接着他又放低了声音对我说，"可是，人心都是肉长的，他们要是知道做老子的为他们干这个，心里也不好受，所以我瞒着。可是，这回可瞒不了您……"

我明白这是他一大早跑来的最大原因，我赶快接着说："这事就只您知道我知道，别人也用不着知道，您说是不是？"

他满意地笑了，这才起身告辞，我看着他的背影走出会客室，上升的朝阳刚好照在他的秃顶上，"啊！"我连忙叫住他，"吕先生，您的帽子。"他遗忘在会客室的长椅上了。

　　穷汉养娇儿，这一天我把这句话想了好几遍，我想，人间的亲子之爱有多少种？穷汉养娇儿是很出色的一种。

　　操场上那一阵热潮已成过去，再也听不到看不到那怪声怪样了，可是我有时也不免想，那老书记的"加班"究竟到何时为止？想不到今天却在吕长波的作文本中，得到了答案。就在我出的《记一件快乐的事》的作文题目下，他写了这么一篇东西：

　　　　爸爸得到了一笔奖金，这是我家自从大哥二哥考取工专以后的又一件顶顶快乐的事情。爸爸得了这笔奖金，是他勤劳的结果，爸爸从来不请假或迟到，而且还努力地加班工作，所以他的长官给了他一笔奖金。

　　　　我们更快乐的事情是有了这笔奖金，我们大家所希望的东西都达到目的了。大哥和二哥念机械，需要画图的仪器和计算尺，他们都得到了，以后不必再向人借，那东西的价钱好贵呀，用掉爸爸奖金的一大半。我也得了一件雨衣和一个篮球。我们都很快乐，很骄傲。爸爸暂时不用再加班了，他说他该休息休息了。

　　我看完不由得在文后批了几个字："为使努力加班的爸爸更快乐，唯有用功读书。"但是，他能懂得这句话里所包含的真正意义吗？

图书在版编目（CIP）数据

散文精读.林海音 / 林海音著. —杭州 ：浙江人
民出版社，2022.3
ISBN 978-7-213-10459-6

Ⅰ.①散… Ⅱ.①林… Ⅲ.①散文集–中国–当
代 Ⅳ.①I26

中国版本图书馆CIP数据核字(2022)第012402号

散文精读·林海音

林海音 著

出版发行：浙江人民出版社（杭州市体育场路347号 邮编 310006）
　　　　　市场部电话：(0571)85061682 85176516
责任编辑：余慧琴
助理编辑：张 伟
营销编辑：陈雯怡 陈芊如
责任校对：姚建国
责任印务：陈 峰
封面设计：观止堂_未氓
电脑制版：杭州天一图文制作有限公司
印　　刷：浙江印刷集团有限公司
开　本：880毫米×1230毫米 1/32　　印　张：6.875
字　数：128千字　　　　　　　　　　插　页：4
版　次：2022年3月第1版　　　　　　印　次：2022年3月第1次印刷
书　号：ISBN 978-7-213-10459-6
定　价：36.00元